共和国的历程

高原飞鸽

和平解放西康

胡元斌 编写

蓝天出版社 吉林出版集团有限责任公司

图书在版编目（CIP）数据

高原飞鸽：和平解放西康 / 胡元斌编写.
—北京：蓝天出版社，2014.1（2023.3重印）
（共和国的历程）
ISBN 978-7-5094-1068-4

Ⅰ.①高… Ⅱ.①胡… Ⅲ.①革命故事－作品集－中国－当代 Ⅳ.
①I247.8

中国版本图书馆 CIP 数据核字（2013）第 305432 号

高原飞鸽——和平解放西康
编　　写：胡元斌
策　　划：金永吉　荆忠峰
责任编辑：祖　航　梅广才
出版发行：蓝天出版社　吉林出版集团有限责任公司
地　　址：北京市复兴路 14 号
邮　　编：100843
电　　话：010－66983715
经　　销：全国新华书店
印　　刷：北京柏玉景印刷制品有限公司
开　　本：710mm×1000mm　1/16
字　　数：69 千
印　　张：8
版　　次：2014 年 4 月第 1 版
印　　次：2023 年 3 月第 3 次
定　　价：29.80 元

前　言

　　中华人民共和国自 1949 年 10 月 1 日成立以来，已走过了六十多年的风雨历程。历史是一面镜子，我们可以从多视角、多侧面对其进行解读。然而有一点是可以肯定的，那就是，半个多世纪以来，在中国共产党的领导下，中国的政治、经济、军事、外交、文化、教育、科技、社会、民生等领域，都发生了深刻的变化，中国人民站起来了，中华民族已屹立于世界民族之林。

　　这段时间放到整个历史长河中是短暂的，有如弹指一挥间，但它带给中国的却是极不平凡的。六十多年里神州大地经历了沧桑巨变。从开国大典到 60 年国庆盛典，从经济战线上的三大战役到经济总量居世界前列，从对农业、手工业、资本主义工商业的三大改造到社会主义市场经济体制的基本确立，从宜将剩勇追穷寇到建立了强大的国防军，从废除一切不平等条约到独立自主的和平外交政策，从"双百"方针到体制改革后的文化事业欣欣向荣，从扫除文盲到实施科教兴国战略建设新型国家，从翻身解放到实现小康社会，凡此种种，中国人民在每个领域无不留下发展的足迹，写就不朽的诗篇。

　　六十几年在历史的长河中犹如沧海一粟，但对身处其间的个人却是并非无足轻重的。其间究竟发生了些什么，怎样发生的，过程怎样，结果如何，非人人都清楚知道的。对此，亲身经历者或可鲜活如昨，但对后来者却可能只是一个概念，对某段历史的记忆影像或不存在或是模糊的。基于此，为了让年轻人，特别是青少年永远铭记共和国这段不朽的历史，我们推出了这套《共和国的历程》。

《共和国的历程》虽为故事形式，但与戏说无关，我们是想借助通俗、富于感染力的文字记录这段历史。这套丛书汇集了在共和国历史上具有深刻影响的重大历史事件。在丛书的谋篇布局上，我们尽量选取各个时代具有代表性的或深具普遍意义的若干事件加以叙述，使其能反映共和国发展的全景和脉络。为了使题目的设置不至于因大而空，我们着眼于每一重大历史事件的缘起、过程、结局、时间、地点、人物等，抓住点滴和些许小事，力求通透。

历史是复杂的，事态的发展因素也是多方面的。由于叙述者的视角、文化构成不同，对事件的认知或有不足，但这不会影响我们对整个历史事件的判断和思考，至于它能否清晰地表达出我们编辑这套书的本意，那只能交给读者去评判了。

这套丛书可谓是一部书写红色记忆的读物，它对于了解共和国的历史、中国共产党的英明领导和中国人民的伟大实践都是不可或缺的。同时，这套丛书又是一套普及性读物，既针对重点阅读人群，也适宜在全民中推广。相信它必将在我国开展的全民阅读活动中发挥大的作用，成为装备中小学图书馆、农家书屋、社区书屋、机关及企事业单位职工图书室、连队图书室等的重点选择对象。

编　者
2014 年 1 月

目 录

一、 最后一役

● 葫芦口四昼夜的激战，为西南最后一战的西昌战役拉开了序幕。

● 27 日凌晨 5 时，我军第四十四师一三二团占领小庙机场，突入西昌城内，西昌宣告解放。

● 蒋介石以西昌为"大陆反共复兴基地"的计划被彻底粉碎，凉山各族人民从此得到了解放。

激战葫芦口

1950 年 4 月，苍茫的西南大凉山中突然传来急促的枪声，随即，耀眼的火把也在山中点亮。山岭之上，但见由彝族子弟和解放军组成的追歼队伍遍布四野，呐喊声好像要把大山震醒。

这是我人民解放军对国民党军队在大陆的最后一仗——西昌战役。

西昌，是国民党在大陆统治的最后一座城市，位于川滇的交通要道。周围地区为崇山峻岭，且有雅砻江、大渡河、金沙江环绕，其战略地位非常重要。

1949 年 12 月成都解放后，西康省西昌地区尚有国民党西昌警备司令贺国光原所属的一个多师在活动。贺国光收容了由川西逃出的国民党残敌共 3 万余人，依托西康偏僻山区，企图在西昌、康定等地建立反革命根据地，与我解放大军继续顽抗。

于是，1950 年 3 月，中国人民解放军西南军区在刘伯承、邓小平、贺龙等军事领导人的部署下，发起了著名的"西昌战役"。

1950 年 3 月 9 日，根据西南军区指示，中国人民解放军十五军四十三师发出命令：

一二七团由政治委员张振军、参谋长马玉芳率领，从昭通开进鲁甸、会泽、巧家三县，强占巧家对岸葫芦口，抢占铁索桥和洼坞街渡口，以保证我军主力部队北渡金沙江，全歼国民党胡宗南、贺国光、苏绍章残部；"边纵"六支队三十二团一营整修洼坞街至葫芦口道路，为支援参战部队保证后勤供给。

葫芦口位于川滇结合处，是四十三师由巧家北上通往西昌的咽喉要道。保护葫芦口铁索桥，对西昌战役十分重要。

3月19日，进驻巧家的一二七团团部，接到抢修道路的"边纵"三连的敌情报告：

> 国民党金沙江中游守备司令苏绍章1200余人进犯洼坞街，前锋已快接近街口，请求派兵支援。

时间就是命令。

三营副营长刘子林奉命立即率领八连强渡金沙江。

子弹在主攻一排的指战员头上纷飞，被手榴弹炸起的浪花把小船打得左右摇摆。

三班战士首先靠了岸，勇猛地向滩头守敌发起冲锋。

敌营长把赌注压在了滩头上，疯狂地进行抵抗。

在三班的掩护下，一、二班战士快速登岸，吓得敌人纷纷向后逃走。

恼羞成怒的敌营长使出了最后绝招"鸣枪警告"，但这帮畏惧解放军的敌人哪里还顾得上自己长官的鸣枪，反而逃跑得更快了。

紧接着，我军二、三排渡江迂回，拦截了逃跑的敌人。

八连经过 3 小时激战，全歼敌军一个营，重创了守备司令苏绍章部。

坐镇西昌指挥"西南游击战"的国民党高级将领胡宗南和国民党西昌警备司令贺国光大为震惊，当即从西昌调集祝耀宗三三五师和贺国光的一个加强团 2000 人，大举向洼垤街、葫芦口一线逼来，扬言拿下葫芦口铁索桥、洼垤街渡口后，攻占巧家县城。

我军三营九连的阵地葫芦口立即成了国民党残敌的首攻目标。

一排在陈世荣连长率领下，抢占了葫芦口高地，多次击退来犯之敌。

担任铁索桥制高点守卫的三排指战员，机智勇敢，沉着应战，连续 8 次打退敌人连、营规模的进攻。

敌酋祝耀宗见攻不下阵地，红了眼，着了急，贺国光马上调来一个迫击炮排给其打气、壮胆。顿时，炮弹像雨点似的落在三排阵地上，掀起的浓烟、尘土四处弥漫。

交战中，敌人玩弄伎俩，伪装成"边纵"八支队人员，来阵地"支援"三排，企图趁我不备夺取高地。

这一雕虫小技被机警的三排长郑春连一眼识破，敌人撕下伪装的面纱，更加疯狂地向三排阵地袭来。

战斗越加激烈了。指导员陈荣珠身负重伤，三排伤亡剧增，眼看就要到了弹尽粮绝的境地。

战斗已经白热化。三排领导发出指示：节约每一颗子弹，打击敌人，守住阵地。当敌人爬到离阵地 10 余米时，郑排长跃出战壕高声喊道："战友们，为人民立功的时候到了，冲啊！"他率先冲入敌群，与敌人展开白刃战、肉搏战。

有个战士手里举着手榴弹向敌人头颅砸去，敌人的刺刀刺进他的胸膛。战士重重倒在血泊里，紧握的手榴弹沾满了敌人的脑浆。

郑排长举起卡宾枪向敌人脑袋砸去，卡宾枪被折成两截，敌人当场毙命，郑排长也倒在另一个敌人的枪口下。

"为排长报仇，冲啊！杀啊！"战士们把生死置之度外，20 多个敌人在阵前毙命。

敌人又扑了过来，一位战士高举着冒着青烟的手榴弹冲向敌群，"轰"的一声，他与敌人同归于尽！

坚守在桥东制高点与铁索桥制高点之间，作为预备队的二排，在副连长李连生带领下，从右侧杀了进来。看到援兵已到，三排战士向敌人发起全面冲锋，把最后的子弹射向敌人，把手榴弹投向敌群。

我军三营九连终于粉碎了敌人的进攻。

企图配合祝耀宗抢夺铁索桥制高点的贺国光加强团，

最后一役

遭到一二七团八连和机枪连的猛烈阻击，在我军四十四师一三一团和向导部队、金江支队的增援下，敌加强团还未到达铁索桥就被歼灭于途中。

经过四昼夜的激战，一二七团三营与"边纵"三十二团一营击毙敌连以下官兵400余人，俘敌营长以下300多人，缴获各种枪支454支，为西南最后一战的西昌战役拉开了序幕。

强渡天险大渡河

与一二七团一同接到参加西昌战役命令的一八四师于 3 月 12 日从成都出发，向西昌进军。

根据一八四师师长部署的进军命令，五五二团为中路主攻部队，沿乐西公路昼夜急行军。

3 月 18 日，该团到达金口河，与敌羊仁安所部三三五师接火。战士们见了敌人，个个斗志昂扬，英勇顽强地投入战斗。

敌人不堪一击，节节败退，逃到大渡河南岸，凭险布防。他们强迫当地老乡交出大小木船，全部拉到对岸控制起来，妄图利用大渡河天险，阻止我军进军西昌。

我先头部队于 3 月 21 日占领富林县城，二营马不停蹄地进占大渡河北岸黄木场。大渡河河面宽 300 多米，水势汹涌，北岸找不到木船。岸边没有人家，哪里有门板呢？

这时五班长及时召开诸葛亮会议，通过军事民主，动员全班献计策，战士们很快写出了决心书。人人情绪高涨，表示天大的困难也难不倒英雄的五班，就是泅渡过去，也要完成上级交给的光荣任务。班长郝玉芳总结发言，号召大家说："同志们，我们五班是打太原淖马立过功的班，我们要学习当年红军强渡乌江，飞夺泸定桥

最后一役

的光荣传统，攻克天险。同志们，这正是我们为人民立功、创造光荣历史的大好时机！"

3月23日拂晓，五班的勇士们神速逼近江岸。这时，最后一船敌人慌乱地划向了对岸，对岸敌人占领了制高点，约有两个排的兵力，两挺重机枪封锁江面，妄想凭着大渡河天险顽抗到底。

五班长侦察了地形、敌情，又见对岸停靠着两只木船，迅速下定决心，只有强行泅渡过去夺取木船，才能完成掩护大部队渡河的任务。但天有不测风云，这时又下起了毛毛细雨。早春天气，河风怒吼，河水冰凉。

班长一声令下，泅水强渡开始了。两个战士应声跳入浪涛汹涌的大渡河向对岸游去，这就是孤胆英雄温焯芳和曾庆芳同志。到了河心，水更急，浪更高，他们被寒冷的河水浸泡的身体已无力向前了。在这时候，对岸敌人又疯狂地扫射江面，孤胆英雄温焯芳被敌弹射中，光荣牺牲了。而被浪花打下去的曾庆芳同志，被下游的老乡发现救了起来。

勇士们前仆后继，曾俊林同志又跳入水中。

这时，只见上游划来一只木船，原来是团领导派民运干事成廷贵、保卫干事赵好敏率领四班从上游找来的船，并带来船工白登高、廖明阳。

五班长欣喜若狂，跑去抓住木船不放。五连长考虑到五班的伤亡和疲劳，准备叫九班上船，但五班同志坚决要求上。二营营长王贵章看到这种情况，就对五连长赵春华说："还是让五班上吧！"

五班战士们争先恐后上船后，迅即帮助船工划船，有的用身子掩护船工，恨不得飞过去，把敌人消灭光！

在我团炮火掩护下，小船似箭一般驶向对岸。对岸敌人慌忙向河面射击。在离岸尚有40米左右时，小船被敌射漏，战士们纷纷跳入河中，向对岸猛游过去。上岸后，战士们用冲锋枪、手榴弹齐向滩头敌阵地打击，打得敌人死伤过半，活着的掉头就往后跑。

五班很快占领滩头阵地，迅速派出一个战斗小组占领制高点，并叫船工将敌人这边的两只木船划向北岸，接运大部队渡河。

就这样，五班战士们英勇顽强地完成了强渡大渡河的光荣任务。

最后一役

彝族民众支援解放军

五五二团的战士们成功地越过了天险大渡河后，便进入西昌境内的彝族地区。

部队刚进入彝区时，不少彝民一见到我军战士就跑上山躲藏起来，或者在隘口峭壁安放滚木礌石。

看到这种情况，我军领导同志迅速召集各级政工干部会议，对部队进行了一次民族政策教育。

我军干部们很快掌握了接近彝族群众的办法，利用一切可能的机会，向彝民宣传，说明解放军就是当年刘伯承的红军。为使彝族群众了解部队，官兵们露宿街头，不住彝民的房屋，宁可饿肚子也不动群众的粮食。当时，彝民百姓最缺食盐和针线，战士们就把食盐和针线送给他们。解放军严明的纪律深深地感动了彝民百姓，他们很快就把解放军当成了自己人。

随后，彝民主动接近我军，送回掉队人员和物品，为部队带路，当翻译，做群众工作。还有些彝族武装经过我军工作后，主动要求参加围歼敌军的战斗。

3月26日，敌宁雅联防司令、第二军军长羊仁安，西南军政副长官唐式遵向越西逃窜。事前羊仁安说："甘相营以北和汉源地区的彝人都怕我，都听我指挥，路上绝对安全。"岂料在小山区即被彝族武装围住，羊仁安几次写信、拿名片，派人联系交涉放行，但得到的回答都是："活捉羊仁安!"羊仁安气得大叫："反了! 反了!"像泄了气的皮球一样一屁股坐在山头上。

西昌警备司令部邱纯川团在向东逃窜时，被彝族上层人士罗大英诱进喜德红莫地区歼灭。胡宗南独立一师残部，经大兴场向昭觉方向溃逃时，被彝族头人马革尔率领的武装和彝族群众歼灭于解放沟一带。盘踞在昭觉县境的敌二十七军副军长岭光电残部 400 余人，在我军强大力量的威慑下，全部缴械投降。

与此同时，中共西昌地下党组织及其领导下的人民武装金江支队，积极配合野战军，使我军有了"顺风耳、千里眼"，好似猛虎添翼，所向披靡。

1950 年 2 月，趁胡宗南部署大肆"招兵"，"拼凑"反共救国军之机，中共西昌地下党采取打进去，拉出来，掌握武器，瓦解敌军的办法，在敌人新组建的队伍中控制了两个营。当领到武器后，连人带枪带走，共获小炮 3 门，轻机枪 9 挺，步枪 400 支，子弹 60 多箱，削弱了敌人的力量，加速了胜利进程。

西昌战役开始后，他们介绍地理民情特点，提供敌布防情况，选择最佳路线，充分发挥人熟地熟、情报快速的作用，使主力部队神速开进，为围歼敌军创造了良好的条件。

最后一役

飞越花板岗

3月12日，我北面一八四师五五○团接到的作战任务是从盐井溪出发，翻越花板岗，朝尼日河畔的方向前进。

这花板岗，相传是"神仙隐居出入之地"，海拔3500多米，全长达70公里。在这段人烟稀少的岗石路上，常年是积雪覆盖，空气稀薄，战士徒步前进极为困难。

就在同志们一筹莫展的时候，当地群众得知解放军的到来，纷纷要求给部队带路。

官兵们士气高涨，斗志昂扬，同志们团结互助，山谷中回荡着豪迈的战歌：

去！去！去！打到西昌去！
消灭胡、贺军！解放西昌人民！
我们是新中国的优秀儿女，
为人民解放，献出自己，
有呀，有志气！
哪怕山高路远，风吹下大雨，
挡不住我们的两条腿！
手拉手，向前进！战胜敌人，
胜利向前进，向前进！

战士们沿着尖兵连开辟的道路前进，天黑了，后面的战士紧盯着前面战士背着的白色米袋，一个接一个地踏着险路前进。八连战士李水知不幸摔下悬崖，光荣牺牲了，后面的战士含着热泪继续前进。

天亮后，由于大雾，战士们手拉着手前进着。开始，他们是在原始森林里钻，再往上走，就是矮树，许多树木只有半米高，像是"矮人国"的植物，过了矮树林，便是山顶了。

一到山顶，司号员便兴奋地吹起了军号。这号声使部队为之一震，立时加快了行军的脚步。到了山顶的人欢呼着："同志们，我们登上山顶了！加油啊！"

接着，部队急速下山。兴奋的心情使大家忘记了饥饿、疲劳。中午的时候，部队走出了山口，来到了尼日河畔。

尼日河深3米，水流湍急，寒冷刺骨。原有3根竹索制成的一座悬桥，已被敌人破坏。工兵排几次立桩架桥都没有成功。

陈捷第副师长率领团、营领导干部，沿河反复侦察河流情况，选择渡河点，研究渡河方法。

七连和八连的战士上山砍来竹竿，用背包绳绑成竹筏。七连战士邱任福自告奋勇，撑上竹筏和急流搏斗，眼看要成功了，突然一个大旋涡把竹筏卷入其中，竹筏一颠一簸顺水而下，终被冲翻。

　　第一个试渡的战士牺牲了，第二个试渡的班长朱德生又牺牲了！这时，团领导急中生智，集中全团水性好的战士，带上背包绳，先泅水过去，然后两岸用绳子拉竹筏渡人。

　　泅渡终于成功！

占领小庙机场

3月12日，与一八四师五五〇团同时向西昌进攻的十四军四十三师、十五军四十四师部队向西昌北进发。

3月21日夜，十五军四十四师一三二团安全地渡过了金沙江。23日，战士们又途经烂坝、力马河、翻马头山，迅速占领了会理西郊西来寺高地，并俘敌一二四军一个排，攻入会理城内，歼敌两个团1000余人。敌第七兵团司令兼一二四军军长顾葆裕、金江中游守备司令苏绍章率残部逃窜。

25日，我军解放德昌后，挥师直逼西昌，以截断西昌之敌的南逃大道。

与此同时，我十五军四十四师一三一团和四十三师一个营，在金江一支队配合下，于3月21日从云南巧家渡过金沙江，经华弹、武圣宫的激烈战斗，歼守敌朱光祖师及苏绍章守备部一部，俘敌400余人。23日解放了宁南。25日粉碎了敌人在白水河的阻击，解放普格。26日粉碎了敌人在大箐梁子的阻击，抵达西昌大石板，直接威胁胡宗南居住的新村特宅。

鉴于情势危急，胡宗南向蒋介石频频发电，请求对策。25日，蒋介石致电胡宗南：

如西昌不能不放弃，吾弟是否仍将领导各部队行游击作战，继续与匪斗争，否则弟离部队后，何人可代为领导，速告知。

次日，胡复电蒋：

为简化机构，减少目标，便于机动起见，遵于此间留置简单机构，由参谋长罗列负责领导，职率非战斗人员拟于本月 26 日飞琼转台。

3 月 26 日深夜 11 时，胡宗南与西昌警备总司令、西康省主席贺国光，秘密前往小庙机场，分乘两架飞机，仓皇飞离西昌。正在西昌城隍庙中静候命令的西南军政长官公署的高级官员们，得知胡已飞走，个个怨声不已，面如土色。晚上 11 时 40 分，参谋长罗列无可奈何地率领卫士连和第一师一个营，护卫长官公署机关高级官员、电台、文件、金银，向泸沽方向逃窜。

27 日凌晨 5 时，我军第四十四师一三二团占领小庙机场，突入西昌城内，西昌宣告解放。

西昌战役结束

3月27日，罗列率西南军政长官公署机关、卫士连、第一师一个营逃到泸沽，与宁属靖边司令、反共救国军第一纵队司令邓德亮会合，继续向邓的老巢甘相营逃窜。

28日，西南军区命令各参战部队切实掌握溃散之国民党军的动向，适时追歼。同时，命令位于滇东北的第十五军第四十三师派兵一部，出巧家津及雷波配合作战。各部据此命令展开追剿作战。

第六十二军第一八四师于28日进占冕宁后，南下泸沽，于4月1日在喜德之甘相营、鸡窑沟地区全歼国民党军第一军第二团残部及西昌警备司令部警备团。国民党军第六十九军、第三三五师等残部走投无路，向越西小相岭附近逃跑。第一八四师跟踪追击，至4月5日歼其4000余人。

西昌警备司令部警备二团团长邱纯川，自贺国光逃走后，率部由西昌向东逃窜，被与中共地下党有联系的彝族上层人士罗大英诱进红莫彝区歼灭，邱纯川被击毙。

国民军驻防西昌、宁南一线并负责保卫胡宗南的精锐第一师残部，在朱光祖率领下，东逃大兴场，再向昭觉逃窜，被彝族头人马革尔武装消灭于解放沟。

驻守会理的七十六师三八二团残部500余人西逃，

被我军四十四师一部和一八四师五十五团二连追至普威附近全歼。

驻守会理的一二四军和七十六师一部2000余人，西逃渡过雅砻江后，分股南窜：第七兵团司令兼一二四军军长顾葆裕率领1000余人，4月1日由丙南渡、排家渡过金沙江；七十六师师长张桐森率领500余人，4月3日由腊乌渡过金沙江，分两路向滇西逃窜。人民解放军南线左翼部队一一九团一营经过几天的猛追，于4月7日晨在云南的姜街、盐丰平川歼敌1600多人，一二四军少将参谋长陈文光、少将师长高惠民、师参谋长张藻章等被生俘。顾葆裕被俘后逃跑，张桐森逃至景东被抓获。

驻守昭觉的二十七军副军长岭光电率部400人投诚，军长刘孟濂、参谋长刘逢会于4月初逃至雷波，与起义后再叛逃的四川省交警大队大队长陈超会合，后被生擒。

西昌警备司令部警备一团三连及驻守大渡河边三五五师溃部100余人，被我军北线右翼部队一八四师五五一团歼灭。

"反共救国军"第一纵队、第四纵队八个大队及一个区队2400余人投诚。

至此，西昌战役宣告胜利结束。

从1950年3月12日到4月7日，历时25天，经14次战斗，我军共消灭敌军第五、第七两个兵团部，第二、三、二十七、六十九、一二四等五个军部的官兵1.029万名。其中就歼的将领（包括毙、俘、降、逃）有上将

两名、中将 8 名、少将 30 多名。团长以下官兵被击毙
2600 余名，被俘 5100 余名，投诚起义的 2500 余名。获
缴飞机 3 架，八二迫击炮 35 门，山炮 1 门，火箭筒 2 具，
轻重机枪 270 挺，长短枪 3800 支，战马 344 匹，汽车 11
辆，解放了县城 21 座。

1950 年 4 月，是国民党军队在大陆失败的最后时刻。
成都军区原副政委、时任二野三兵团第十军二十八师团
特派员的魏敬斋老人回忆说："西昌，是国民党在大陆统
治的最后一座城市。"

南京军区原司令员、时任二野第十五军四十四师师
长兼政委的向守志回忆说："我们从安徽打到福建，再从
广东打到广西，又经过 38 天的千里转战，刚刚抵达云南
省曲靖地区时，突然接到陈赓'在最短的时间内组织西
昌战役'的命令。"

1950 年 3 月初，向守志率领四十四师兵分两路日夜兼
程奔赴西昌。行走在自己当年走过的长征路上，一样的艰
苦，向守志的感觉却全然不同："这次是我们追他们。"

21 日，四十四师会同北路的六十二军第一八四师完
成了对西昌的包围。胡宗南见败局已定，再一次乘飞机
逃往海口。

向守志率部趁夜占领了机场，并于 3 月 27 日突入西
昌城内。"我们还没攻城，大部国民党兵就已跑散了。"
向守志回忆。当地的彝民抓了不少俘虏，把枪和俘虏送
交给了解放军。

1949 年 12 月 28 日，胡宗南从海口飞到西昌"戴罪立功"，本来蒋介石要他固守西昌三个月，建立反共基地，等待国际形势变化。胡宗南也决意垂死挣扎，作最后的命运赌注，没想到却失败得如此之快、如此之惨。

胡宗南垂头丧气地刚飞到海口，就接到台北的撤职令，撤销了他的一切职务，他从此失去了蒋介石的信任，被绑到历史的耻辱柱上。

西昌解放了，蒋介石以西昌为"大陆反共复兴基地"的计划被彻底粉碎，凉山各族人民从此得到了解放。

二、 投明之路

● 垂死挣扎的蒋介石看上了西康，妄想将其作为"大陆反共复兴基地"。

● 中共与刘文辉相互间有了一定的了解，为刘进一步认清方向开辟了一条坦途。

● 周恩来给刘文辉扼要地分析了国内政治形势，指出了抗日救国的道路。

西康的历史变迁

西昌战役的胜利结束，不仅标志着国民党在大陆最后一块地盘获得了解放，也标志着当时西康省的全部解放。西康从此迎来了全新的时代。

西康省位于川藏之间，面积53万多平方公里，分为康定、雅安和西昌三个地区，它曾经是中国历史上的一个省份。

西康省从1939年建立到1955年撤销，在历史上仅存在了16年的时间。纵观西康建省前后的经历，多少故事鲜为人知。

清末以前，"西康"曾被称作"川边"或"炉边"，后来还有许多叫法。

1925年2月7日，北京段祺瑞执政府发布命令，改川边镇守使为西康屯垦使。这标志着"西康"经当时执政府批准，正式成为行政区域名称。

1927年夏，刘文辉入主西康，在成都二十四军军部设立边务处，在康定设临时政务处、财务统筹处，分理民财事务。

刘文辉，四川大地主刘文彩之弟，四川军阀，保定军官学校毕业。在民国初期军阀混战中逐步壮大势力，和堂侄刘湘一起成为四川最有实力的两个军阀。刘文辉占据以成都为中心的川西，刘湘占据以重庆为中心的川东。

1928年9月5日，国民党第一百五十三次中央政治会议通过决议，将西康与绥远、察哈尔、热河、青海、宁夏等特别行政区改为行省，着即迅速规划，依照法令组织省政府。这是西康行政区正式列入速省级别之始。

1933年，刘文辉在与刘湘争霸四川的军阀战争中遭到失败，撤退到雅安一带，占据四川的宁、雅两区和西康地区，以此作为自己的防区。

第二年，刘湘出任四川省主席。他为了取得对四川的实际控制权，决定打破防区制，下令四川军阀交出防区以统一行政。各军阀慑于刘湘有蒋介石的支持，不得不交出各自的防区。刘文辉被迫将宁、雅两区交出，只剩下西康一隅。出于发展自身势力，摆脱困境的需要，他开始积极向国民政府谋求西康建省，得到了蒋介石的同意。

1935年2月9日，南京国民政府颁布《西康建省委员会组织条例》，决定将西康地区改为行省，并设立西康建省委员会，任命刘文辉为建省委员会委员长。

1935年7月22日，西康建省委员会正式在雅安成立，1936年9月迁入康定。

1939年11月1日，西康省政府在康定宣告成立。长达三年半的西康建省委员会结束。成立大会上，省主席刘文辉与省政府委员、厅长宣誓就职。

投明之路

1939 年，被国民政府正式任命为西康省主席的刘文辉，视西康为自己的地盘，一上任就提出要"化边地为腹地"，争取在短期内使西康达到内地各省市的水平，以便更好地承担抗日大后方的重任。

西康是贫瘠的山区，经济困难，不像川中那样富庶。在国民党中央政府不拨经费给养的情况下，刘文辉入康不久，便注意到辖区的黄金开采问题，于是大力开发，效益十分显著。刘文辉的另一重要财源是种鸦片。为了解决军政费用，增辟财源，他在西康境内广植鸦片，运销内地，从而引起国内舆论的非议。

有了足够的经济来源以后，西康省在刘文辉的领导下便逐渐强大起来。

没想到西康这个刚刚发展起来的地方，被垂死挣扎的蒋介石看上了，他妄想将其作为"大陆反共复兴基地"。

实力派联合反对蒋介石控制

20世纪30年代末，强大起来的西康省引起了蒋介石的注意，为了能将西康据为己有，他几次三番地使用各种伎俩想要整垮刘文辉，却又被刘以各种理由和借口一一应对。

1938年1月，刘湘因病去世于武汉。当晚蒋介石就在武昌行营召开会议，谋划如何以刘湘之死为契机，完全控制四川。蒋当即下令撤销第七战区司令长官部，理由是司令长官既死，该战区自当裁撤。仅隔一天，他又任命亲信张群为四川省政府主席。由四川地方实力派主掌的川康绥靖公署，亦准备撤销。

消息传来，引起川康军政界的强烈反应，刘湘高级幕僚张斯可立即找刘文辉驻蓉代表段升阶，要刘文辉从雅安快速赶到成都来筹商对策。

当时邓锡侯尚在前线抗战，刘文辉同潘文华和刘湘部下的其他几个将领会商，都认为这么一来，军权政权都给抓走了，四川就成了蒋介石的，那么川康的军阀们也就没有立足之地了。同时，他们还估计到，当时正在全民抗战期间，蒋介石无力也不敢对四川用兵，只要他们一致反对，蒋就没有办法。于是决定向蒋提出反对意见：主张保留川康绥靖公署，拒绝张群来川主政。

因四川实力派联合抵蒋，蒋介石不得不作出了让步，

投明之路

但仍向刘湘的部下讨价还价：一面答应保留绥署，以邓锡侯任绥靖主任；一面又要求在不更动省府委员和各厅处长人员的条件下，派张群独自一人来接任省主席。

刘湘部下和刘文辉很快认识到这是蒋介石的诱鱼上钩计划，只要张群插足进来，四川局面迟早要为蒋所控制，于是仍然决定不为此作出让步。

蒋介石自知计划被识破，便改派张群为重庆行营主任，由四川将领自推一人暂代省主席。

刘文辉等人首先推选的是刘湘最忠实的将领潘文华，当时他正出任国民党第二十八集团军总司令。潘接到这个消息，却以自己体弱多病为由，拒绝了刘文辉等人的邀请。

与此同时，四川军阀王缵绪垂涎省主席宝座，立即出来四处活动，拉拢各方支持他出任四川省主席。他暗中与刘文辉进行政治交易，以刘支持王任四川省主席为条件，王同意在地域庶县和财政上支持西康建省。刘文辉趁势提高价码，要划川边 21 个县归西康。王缵绪只答应将四川的宁、雅两区划归西康管辖。刘文辉在刘湘那里没有得到的，在王缵绪这里得到了，于是见好就收，表示同意。

此时，蒋介石迫于日寇要灭亡中国的严峻形势，急需促成西康建省，发挥对四川、重庆的后卫作用，稳定"陪都"大后方，也有意拉拢刘文辉，安抚王缵绪，避免川康方面联合起来与他作对。遂对刘、王二人商定的财政补助和划地方案点头赞成。

1938 年 4 月，蒋介石电召刘文辉赴汉口，商谈西康从速建省问题，对刘文辉的请求，均作原则上的确定，随即着刘文辉与有关部门分别商洽，予以落实。

自此，蒋介石与刘文辉的矛盾由明争转为暗斗。

新上任的四川省主席王缵绪，唯利是图，反复无常，刘文辉等人以为，将省主席职位给他，可以使得他安心地帮助他们办事。可哪知道，王一上任就被蒋介石收买，不仅处处与刘文辉等人作对，还将他们的一些反蒋内幕通通向蒋告密。

刘文辉等人当然不能坐以待毙，他们发动了手下的几个师长，联名向国民政府发出电报，列举王缵绪十大罪状，要蒋撤去其省主席一职。

不仅如此，这些师长还在发出电报后，立即调动部队包围了成都，剑拔弩张，准备动武。

此时正处在全国抗战攻势的关键时期，前方的战斗异常艰苦和激烈。在这种局面下，王缵绪为避免后方的内乱，主动提出辞去四川省主席职务，愿率部队出川抗战。

于是，四川省主席一职又空缺了下来。

趁此机会，蒋介石再次向刘文辉等人提出，要张群继任四川省主席。刘文辉他们当然不能同意，再次拒绝了蒋介石的建议。

1939 年 9 月 19 日，国民政府颁布命令，四川省主席

投明之路

职务，由军事委员会委员长蒋中正兼任，任命贺国光兼任四川省政府秘书长。

第二年，蒋介石辞去四川省主席职务，再由张群接任。张本来就是蒋的心腹，因此便很快控制了驻守在四川地区的刘湘部下，而西康省却由于刘文辉的反控制，成为蒋介石难以插手的省份。

这样一来，蒋介石对刘文辉的旧恨未消，又添了新怨。

1939 年，蒋介石的"张群继任四川省主席"计谋被刘文辉识破后，他又派出其走卒曾鲁出任雅安团管区司令，企图控制住在那里的刘文辉。

曾鲁是黄埔陆军军官学校第二期毕业生，在接到蒋介石的命令后，立即前往雅安任职，并快速地勾结雅属各县的土匪恶霸，由蒋介石给钱，成立了新兵第一补训处。

很快，这个新兵补训处就引起了刘文辉的注意，他立即授意属下毛国茂去摆平这件事。

于是，毛国茂派出便衣队在一天深夜，将补训处的武器全部抢走。事后，刘文辉对外宣称说："补训处军纪不严，让老百姓就把它解除武装了。"

不过，曾鲁对于这次警告并不十分在意，他继续用蒋介石给他的钱大肆招兵买马。仅半年的时间，曾鲁的这个新兵补训处就已经凑成了两个团的人马。

正在这个关键的时刻，刘文辉看清了自己的危急局势，他认为"细石头可以打烂大锅子"，便趁其尚未发给武器时，采取"先斩后奏"，以曾鲁违反"兵役法"规定，收编土匪，破坏地方秩序为由予以解散，后呈报中央，请其"察照备案"。

蒋介石看到"木已成舟"，只好承认既成事实，乃电复"准如所请"，并把曾鲁调走了。

投明之路

"偷鸡不成蚀把米"

为了控制西康，1942 年，蒋介石又借口西藏地方亲英势力拒绝修筑康藏公路，命令刘文辉的二十四军出兵讨伐，另派中央军的两个师进康接防。

实际上，蒋介石是想借西藏问题图谋获取西康，要把刘文辉的部队消灭于康藏高原，而以他的嫡系部队来控制西康。

刘文辉当即识破了蒋介石的奸计。他将计就计，慨然表示接受这个任务，并拟订了一个对藏的军事计划，提出了对藏用兵的三易三难，同时开了一个账单，向蒋介石要枪械、装备、经费、物资等，还要求扩大编制、补充实力等。

蒋介石生怕自己"偷鸡不成蚀把米"，也就只好将此事搁了下来。

刘文辉为此和蒋纠缠了大半年，最后由何应钦出面，说"中央财政困难，负担不了这笔庞大的经费，对藏用兵暂缓进行"，此事才收场。于是，蒋介石的阴谋就再一次宣告破产了。

蒋介石一计不成，又来一计。1942 年，蒋介石在西康设立了一个经济检查处，以军统大特务罗国熙任处长。名为经济检查，实际上是布置军统力量，要把西康置于其控制之下。

幸好西康军警力量此时都为刘文辉所掌握，罗国熹未能直接控制武力，也就不能为所欲为。因此，两年过去了，西康地方秩序仍然正常，一些进步人士在雅安自由来去，特务们也不敢加以迫害。

蒋介石看见自己的计划再次失败，便于1944年初派遣中央军一个旅，由罗国熹率领进入西康。

刘文辉接到情报后，立即派两个团的兵力集结于邛崃地区，阻止其进入康境。当罗国熹的先头部队进至邛崃县以东的羊场时，刘文辉部队立即给予迎头阻击。

与此同时，刘文辉发动地方人士举行群众示威，闹得满城风雨。当时抗日战争尚在进行，蒋介石不敢在后方扩大事态，被迫将其部队中途撤回。

为此，西康地方秩序始终保持正常，没有变为蒋帮特务的恐怖世界。

1945年，抗日战争胜利后，蒋介石企图用整军的幌子来消灭一切杂牌军。

所谓杂牌军就是指不是蒋军的嫡系部队，这里当然也就包括刘文辉的第二十四军。

1946年春，蒋介石让张群向刘文辉转达，要他去做中央的"蒙藏委员会"委员长。

刘文辉当然知道这是"调虎离山"之计，于是向张坚决表示，宁愿到乡下去做老百姓，也不愿到南京去做"一品京官"。蒋介石见刘文辉的态度这样坚决，知道其

投明之路

计又不能得逞，只好就此作罢。

同年 7 月，蒋介石正式向刘文辉下命令，要将二十四军改为整编师。

在当时的气候下，刘文辉不好正面反对，表面上依照他的命令，把二十四军改编为整编二十四师，以副军长刘元瑄为师长，应付一下场面。但实际上仍是原封不动，二十四军还是由刘亲自统率。而且对内对外连名义都没有改变。可以说是改编由他改编，军队由刘文辉自带之。

蒋介石曾向刘元瑄发过多次命令，要他开赴前线参加内战。刘文辉这边却多次以"西康边防重要、兵力分散不能抽调"为理由予以搪塞。因此，在整个解放战争期间，刘文辉的二十四军始终没有抽调一兵一卒前去参加蒋介石的反革命内战。

后来，蒋介石见此计不能得逞，便只得承认事实，恢复了二十四军的番号。

白 1938 年 5 月刘文辉完全统治西康省到西康解放的 12 年间，刘、蒋的矛盾冲突不断升级，局势错综复杂。这一切为刘文辉最后不得不选择投奔共产党、推翻蒋介石奠定了基础。

抗战时期与我党合作

刘文辉为了避免被蒋介石中央政府吞并，从 1938 年开始，就与中国共产党建立了秘密的联系。

那年夏季，中共中央代表董必武、林伯渠、陈绍禹等由陕北去汉口参加国民参政会会议，途经成都，与刘文辉在他成都的住所方正街会了面。

这是刘文辉同中共中央方面第一次正式接触。当时投降主义的逆流泛滥于国民党的权贵之中，抗日形势非常严峻，所以他们这次的话题也是以如何团结地方力量，坚持抗日战争，反对蒋介石投降妥协为中心。

从董必武等人的谈话中，刘文辉初步了解了中共的抗日救国方针和人民民主统一战线政策。同时，刘文辉也把自己反对蒋政权和拥护中共抗日方针的态度向他们作了明确的表示。经过这次会晤，中共与刘文辉相互间有了一定的了解，为刘进一步认清方向开辟了一条坦途。

几天后，刘文辉和董必武、林伯渠等在重庆曾家岩潘文华家进行了第二次会晤。

当时正是重庆"五三"、"五四"大轰炸后不久，国民政府的各军政机关都已疏散下乡，抗战亡国论在国民党当权派中又抬了头。

为此，他们这次会晤主要是谈有关抗日战争的问题。

投明之路

董必武、林伯渠等向刘、潘二人分析了国内外形势，阐释了抗战必胜、妥协必败的道理，坚定了这两个人投靠共产党的信心。

1941 年春，南方局派《新华日报》原总编华岗——化名华仲修到西康王刘文辉处开展统战工作。

华岗与夫人来到雅安，在一家收购羊毛的富华公司做秘书。这里特务横行，为了掩护，华岗除了埋头看书，也陪公司经理及太太打打麻将。然而公司太小，难以起到掩护作用，华岗又到雅安中学找了一份代课教师的工作。安定下来后，很快与皖南事变后疏散到此的共产党员漆鲁鱼联系上，并与西康王刘文辉见了面。这位留着小平头、戴一副近视镜、两道浓眉、操一口大邑腔的军阀对华岗这位中共代表的到来表示欢迎。

华岗在雅安中学教历史课，课时不多，刘文辉随即把他安排到自己的军官训练班里当政治教官，彼此的接触自然公开化、合法化了。

平时刘文辉派川康边防指挥部参谋长张伯言与华岗单线联系，遇有重大问题则直接与华岗会晤。

华岗一边授课，一边与刘文辉会晤。华岗给他分析国内国际形势，指出抗日救国的道路……这些谈话帮助刘文辉明确了政治方向，增强了前进动力。此外，华岗还著文宣传抗日。他的文章大多以化名发表在刘文辉女婿办的《健康日报》上。

雅安城内的秘密电台

1942 年 2 月的一个深夜，中共中央南方局书记周恩来在重庆机房街吴晋航寓所秘密会见了西康王刘文辉。

周恩来见到了这个留着小平头的西南大军阀，热情地握住了他的手，寒暄过后，便转入了正题。

周恩来在谈话中给刘文辉扼要地分析了国内政治形势，指出了抗日救国的道路。他讲话的大意是：

当前全国人民的要求是，坚持抗日反对投降；坚持团结反对分裂；坚持进步反对倒退；而关键则在于坚持民主，反对独裁。

在反对蒋介石法西斯统治的斗争中，共产党愿意同国民党民主派合作，尤其希望西南地方的民主力量能同共产党密切联系，具体配合。

最后周恩来还给刘文辉指出了努力的方向：团结就是力量，须在国民党内部多做团结工作，通过川康朋友自身的团结去促进西南地方民主力量的团结。团结是为了斗争。对蒋介石政府的一切反动政策措施，都应该进行坚决反对和有效抵制。西南地方力量在现阶段有条件这样做，大胆行动起来，共产党愿意在政治上给予支持。

面对着中共中央领导，刘文辉显得异常激动，他深有感触地说："经过与华岗的多次接触，我已与中共的关

投明之路

系从一般联系进入实际配合阶段……希望可以建立电台，保持上层的经常性接触。"

周恩来会心地笑了，他当即点头同意，并与刘文辉商讨了建立电台的全部细节。

同年 5 月，秘密使者华岗奉召回到重庆的红岩村。6 月，中共中央派王少春作为中共政治联络员长住雅安，同刘文辉保持经常联系，并设秘密电台与延安直接联系。

王少春到雅安后，受到刘文辉的热情接待。王用刘文辉私人顾问张伯言的朋友身份，以避难的名义由重庆到雅安，由张伯言同王少春单线联系，如有急事临时约定时间地点由王少春直接同刘文辉面谈。

王每天把党中央的方针政策和解放区的胜利消息向刘文辉传达，同时把川康方面的军政动态向党中央汇报。这样，毛泽东的一些重要著作和党中央的重要政策文件，刘文辉都通过电台先一步读到了。

这个电台的设置，也是经过一番周折的。刘文辉事前就料到蒋介石的特务要来进行破坏，因此特意把它安在苍坪山下的一个旅司令部内，并在这个司令部的前面安置了一个连的卫兵。

电台工作了一段时间后，军统特务徐远举的手下有所觉察，他们暗中从成都运来一部电台，设在雅安城内。正在他们想要进行侦察和干扰之际，刘文辉接到报告，立即派兵没收了军统的电台。

刘文辉警告蒋介石安插在二十四军搞"特工"活动

的政训主任丁国保说："现在有奸人在雅安密设电台，图谋不轨，我已予没收，以后发现，定要严办！"

由于没有抓到任何的把柄，再加上刘文辉的警告，此事也就不了了之。因此，中共电台在雅安一直工作到解放，历经 8 年而未遭到破坏。

投明之路

刘文辉的民主活动

1943 年到 1944 年，是西康主席刘文辉较为紧张的一年。蒋介石向刘文辉节节进逼，既要改组西康省政府，又要刘文辉出兵打西藏，还要派中央军进驻西康，使刘文辉面临一次次的考验。

1944 年的夏天，刘文辉到了重庆，在潘文华的住所与中共代表王若飞会面。

王若飞对时局的见解，令刘文辉获益匪浅。

次年 2 月，中共派张友渔到成都，专做争取刘文辉的工作，每天在他的家里谈话一两个小时，坚定了刘文辉"亲共"的决心。

刘文辉与中共有联系之后，一面应付蒋介石以求保全权位和实力，一面秘密参加民盟、民革支持民主运动。

1944 年冬天，民盟主席张澜找到刘文辉，邀请刘文辉加入民盟。

不久，刘文辉同潘文华一同在成都慈惠堂张澜住所内填写了入盟申请书，成为民盟正式成员。

考虑到两人的特殊身份，张澜当即焚毁了申请书。

第二年，中国民主同盟内部发生了政治分化，民社、青年两党投入了反动阵营，民主同盟成为独立的民主党派，张澜仍被推为主席，刘文辉亦被选为中央委员。

为了在当时的政治环境下能更好地发挥作用，刘文辉对外始终是以同情者的面貌出现，同民盟的政治关系和组织关系主要是通过同张澜的个别联系去体现。

关于国内各个时期的重大政治问题和川康地方的各种重要问题，刘文辉同张澜经常交换意见，采取一致的态度。后来张澜离开四川到了上海，仍然通过刘的代表与之保持密切联系。而这期间，民盟的政治活动经费也均由刘文辉长期支援。从这一点来看，刘文辉的内心可以说是真诚的。

1948 年元旦，民革在香港正式成立。

这一年，李济深派杜重石到成都，将用大白绸书写的密函交给刘文辉，希望刘组织领导川康民革地下活动。

刘欣然接受，立刻授意下属团长李宗煌负责具体筹备工作。

次年 3 月，刘、李筹建的民革川康分会在成都成立。刘文辉化名杨宗文任主任委员，李宗煌化名华正国任副主任委员。民革川康分会下设三个处，并在成都国民党陆军军官学校建立民革小组，成员 30 余人。

分会重点发展了一批四川军政界和地方实力派中的中上层人士。刘文辉任民革川康分会主任委员后，在联系地方武装力量及以国民党军政人员为发展对象等工作方面，暗中做了不少有利工作。

不仅如此，刘文辉还同其他进步人士建立了更为广泛的联系。

投明之路

1941 年春，他和李相符、杨伯恺、黄宪章、马哲民等教授在成都组织了一个秘密性的政治团体，取名为"唯民社"，其宗旨是："全民团结，坚持抗日，反对独裁，实行民主。"刘文辉被推为社长。

"唯民社"先后办有《唯民周刊》、《大学月刊》、《青年园地》、《民众时报》，分别于成、渝两地公开出版，专门揭露蒋政权的反动罪行。"唯民社"对推动后方民主运动起了很大的作用。

由此可见，刘文辉是比较开明的，这为他后来和平起义奠定了良好的基础。

三、 彭县起义

● 9月，刘文辉终于明确表示要起义了，并通过王少春的电台向周恩来请求指示。

● 刘文辉听了如释重负，不禁捏了一把冷汗：好危险啊！差点儿走不了……

● 1949年12月9日，刘文辉、邓锡侯、潘文华联名从彭县向毛泽东、朱德发出起义通电。

中央下达准备起义指示

1949 年 4 月，人民解放军发起渡江战役，一举占领了南京，摧毁了蒋家王朝在中国的反动统治。

紧接着西宁、银川和南方的广州相继解放，战争重心已开始转移到西南。中共中央决定迅速进军大西南，摧毁蒋介石在大陆的最后一块基地。

蒋介石在面临总崩溃的形势下，仍作困兽之斗，急忙调胡宗南等主要部队集结西南地区，力图以川、康、云、贵为根据地，以重庆为据点，固守西南，作出了决战大西南的架势。

当年秋，蒋介石亲自跑到重庆指挥作战，同时电令军政首脑集结于成都。

鉴于形势的严峻，刘文辉多次同中共地下党、民革、民盟以及地方实力派邓锡侯、潘文华等商讨川康起义之事。

同年 8 月，王少春根据中共中央的指示，进一步做刘文辉的工作。

王少春告知刘文辉：川、康解放已经为期不远，要认清形势，当机立断，用自己的行动书写自己的历史。针对刘文辉的重重顾虑，王少春晓以大义，向其严肃指出：现在已经是大势所趋，人心所向，应抓紧时机，在解放大西南的斗争中为人民立功。

9月，刘文辉终于明确表示要起义，并通过王的电台向周恩来请求指示，电报称：

> 年来受蒋压迫日甚，积怨难言，处境困难，今已与邓锡侯、潘文华约好，决定站在人民立场。今后如何行动，请予指示。

周恩来立即回电：

> 大军行将西征，希积极准备，相机配合，不宜过早行动，招致不必要的损失。

与此同时，中共川东特委书记肖泽宽到南京向邓小平、张际春汇报四川情况。

随即，刘伯承、邓小平指示二野情报部门派出一批敌工人员，潜入四川国民党军队，进行瓦解敌军、组织起义的工作。

当下，黄实（黄隐的侄子）被派到黄隐、邓锡侯处进行策动。

黄隐，四川华阳人，出生于1882年，是保定陆军军官学校第一期毕业生。曾任川军第一师上尉、少校参谋、独立旅参谋、炮兵团长、独立旅长、防军总司令等职位。

此时正担任第九十五军军长的黄隐眼看着南京将要

彭县起义

解放，国民党形势不妙，正打算投靠共产党，而自己的侄子黄实刚好做了他投奔共产党的中间人。

邓锡侯，四川省营山县人，出生于 1889 年，是保定陆军军官学校第一期毕业生。曾先后出任过护国军营长，川军团、旅、师长，国民党部队第二十八军军长、第二十二集团军总司令，川康绥靖公署主任及四川省政府主席等职务。

正担任国民党西南长官公署副长官的邓锡侯，眼看着国民党南京政府的失利，也刚好处在十字路口的徘徊之中。黄实安排好叔父后，立即找邓锡侯接了头。他首先将一封民盟主席张澜的劝说信交给了邓锡侯，然后等候邓的表态。

邓锡侯看完密信后，很快找来黄隐等人一同商量。

他一见到黄隐便说："张澜的主张，实际正是我的主张，现在形势如此，川、康朋友就更加需要与左派朋友协同行动。"

黄隐看出了邓锡侯的亲共想法，便叫来侄子黄实给他指出了送信的真正用意："这张澜的信，其实就是解放军二野刘、邓首长交给黄实带回的。"

邓锡侯听了十分感慨，向黄实详细询问了刘、邓首长的情况，黄实顺势向邓锡侯转达了刘伯承、邓小平对他的三点希望：

一、及早联络刘文辉、潘文华等四川的地

方实力派抵制胡宗南入川，宣布川、康起义；

二、俟解放军逼境时，待机起义，配合解放军围歼胡宗南部或断其后；

三、保护好成都地区工厂、仓库、文化古迹以及人民生命、财产的安全，使这座文化古城完好地回到人民手中。

邓锡侯当即表示："我个人年事已高，已无所求，但为保护家乡，定相机行事。力争解放军逼近时，率九十五军宣布起义。"

刘伯承、邓小平这两位四川老乡，十分关心策动刘文辉等四川和西康地方实力派起义一事，他们一致认为这对加速川康两省的解放具有重大意义。

紧接着，又派出三批人员前往四川。

9月底，解放军二野司令部情报处的周超经黔江、涪陵到达成都，按照事先规定的方法与黄实取得了联系，带来了与二野司令部电台联络的呼号和密码，还传达了二野司令部的指示：鉴于北线第一野战军和南线第二野战军已向西南地区作全线战略推进，要加快起义工作的进程。

周超来此，使工作得以加速展开。黄实首先把周超安顿下来，然后把二野司令部的指示分别通告黄隐和邓锡侯。

10月初，解放军二野司令部情报处柴军武处长，派

彭县起义

遣朱德钦、林蜀秀抵蓉，他们通过进步人士朱彦林去做邓锡侯的工作。

随后，经过一个多月紧张的工作，邓锡侯、黄隐所率第九十五军的起义准备工作大体就绪。

就在邓锡侯、黄隐等人的起义准备落实的同时，中共地下党田一平等又派人做通了潘文华的工作。潘文华发电报给其子潘清洲，叫他率部队往川北转移。

同月下旬，中共中央通过四川地下党组织向刘文辉传达了关于起义准备工作和时机的具体意见：

第一，起义时机，拟在解放军逼近成都附近时为宜。如过早起义，易遭胡宗南部的袭击，第二十四军的战斗力也无法与之对抗。

第二，第二十四军起义后的主要任务是，配合解放军，堵截胡宗南部向西康方向逃窜的退路，并以牵制和扰乱的方法阻止其占领西康，以待解放军到达。

第三，保护好城市、交通和中共地下党员及民主人士和进步青年，维护好社会秩序。

第四，开展民主的思想教育，改善官兵关系，从物质上和精神上为起义后配合解放军作战做好一切准备。

接到中共中央关于准备起义工作的具体意见后，刘文辉随即同王少春等商定二十四军起义的计划，研究对付蒋介石的策略，并立即对西康的工作做了部署：

代军长刘元瑄、副军长兼一三六师师长伍培英、副军长兼一三七师师长刘元琮负责军事行动及起义准备，以张为炯代理省主席届时代表西康省政府宣布起义。

接着，刘文辉本人带少数随员来到成都，与蒋介石及其党羽周旋。他认为耽在这里，利多于害，危而实安，因为：

（一）对于四川地方反蒋力量的联合，欲其在紧急关头不致因蒋的威胁利诱而动摇，有待于继续不断地巩固。

（二）成都是四川的政治中心，也是进步力量与反动力量斗争的中心，耽在这里，既便于同民主力量和地方力量联系，又可以在蒋介石集团内部进行分化运用。

（三）在军事上蒋对刘处于绝对优势，刘文辉一个人在成都，蒋对他的政治态度摸不透，就不至对他用兵，而他能多拖一天，解放军就接近一天，遭受敌人的军事威胁也就少一天；如果先行露出可疑的迹象，引起敌人的警觉，胡宗南的重兵向西康一压，刘就吃不消。自己实力既不保，那么，迎接解放也就失所凭依。

彭县起义

同时，刘文辉这次到成都活动，主要还有另外三个方面的事情：

第一是建立组织。以他和邓锡侯、潘文华为核心。约集熊克武、邓汉祥等人参加。每天在刘家里聚会，主要是交换情况，筹商应对事变的对策。为了了解蒋介石集团内部的动态，有时也找王缵绪参加。此人是惯于出卖朋友的，刘文辉等人对他早有戒心，只是加以利用，并不让他知道真相。

第二是联系民主力量和地方力量。对于前者着重在民主党派，如四川民盟和民革的一些同志，在这一时期都同刘有密切联系，为以后的起义进行了政治准备。对于后者则着重在四川省参议会，抓住其中一批有利分子为纽带，与各县地方力量紧密联系起来。

第三是对付国民党反动分子，他们采取了软硬兼施的办法。对王陵基是硬来，一点不妥协。对于来自中央的"达官贵人"，则送往迎来，把酒言欢，一如往昔，使他们觉得刘文辉仍然是同路人，肯说实话。

当刘文　来到成都后不久，他玉沙街住宅的对门即出现了一个连的宪兵，四周还布有大批便衣特务，甚至有特务直接成为刘文辉家里的佣人。

大特务徐远举经常在靠近刘住宅旁边的一座神秘建筑里进出，指挥特务活动。刘文辉每天出入都有无数双贼眼盯着。

对于这些情况，刘文辉早就料到了。因此，他首先采取了保卫措施，调了两个连的卫兵驻在他的住宅内，在周围又安了便衣队，并暗中将附近几条街道的民众自卫队武装起来，与蒋介石的宪兵、特务对峙，随时准备进行巷战。同时，刘文辉的日常生活一切保持常态，家里的一针一线都没有任何改变，以确保不留下任何令人起疑的迹象。

彭县起义

虚与委蛇敷衍抵制

1949 年 11 月初，解放军二野主力和四野各一部，分东、北两路向西南进军，瓦解了川东防线。胡宗南部也由陕向川撤退。11 月 30 日，重庆解放，蒋介石仓皇逃至成都，妄图以胡宗南集团为主力，在成都平原进行"川西决战"，与解放军作最后一搏。

蒋介石、胡宗南等人的到来，使刘文辉感到有些紧张，不得不与他们展开了激烈的"智斗"。

但是，该怎么样来"智斗"呢？为此，刘文辉等人做了一番研究，他们一致认为：同老蒋斗法，必须把国民党固有的那一套钩心斗角的技巧高度地发挥出来，一点也老实不得。他们坚定不移的原则是，投向人民，迎接解放！但是对此时此地的敌人，在方法上又需要虚与委蛇，见机行事。所以他们商定对蒋的策略，抽象的敷衍，具体的抵制。在敷衍时，装蒜要装得像，谎话要说得圆；当蒋向他们提出具体要求时，能推则推，不能推就拖。看形势，撑得住就撑，撑不住就走。

蒋介石到成都的当天下午 3 时，就在北校场军校召集张群、顾祝同、阎锡山、胡宗南、熊克武、王陵基、刘文辉和邓锡侯等谈话。他首先谈了川东作战经过和这次撤退的部署，故弄玄虚地使人相信他的这次撤退仅仅是一次战略转移。接着，他又吹嘘川西大会战的形势和条件如何好，并把希望寄托于胡宗南部，说这几个兵团还是完整的，尚可一战，希望川康方面的朋友与之合作。

蒋介石这样吹嘘的目的就是想骗取这群人的信心，但明眼人一看就知道这是他自欺欺人的把戏。最后他瞥了一眼坐在角落里的国民党西康省主席刘文辉，问道："刘文辉，你是四川的老人，这个保卫乡土与父老，还有党国的复兴基地，你都有什么考虑啊？"

刘文辉清楚老蒋问话的弦外之音，但他不动声色地又将老蒋的问题给推托过去了："总裁此次来蓉，全面主持军国大计，使我们有了主心骨。文辉决心在领袖的英明领导之下，拼死一战，捍卫党国的复兴基地！"

刘文辉回完话后，几位大员便你一言我一语地各抒己见了。有的说："依目前形势而言，川东不保，门户洞开，我们还是以保存实力为主，节节退守云南，联络印、缅，伺机反攻。"

还有的说得更露骨："应该完全放弃西南，将现有的部队全部撤到台湾，确保台湾的安全，待力量充足后再从容反攻。"

作为支撑西南军事局面的重量级人物胡宗南，接过众人的话茬说道："成都地处盆地腹心，无险可守。面临共军南北夹击之毒招，窃以为，应保存最后之有生力量，放弃成都，将主力退往西康省境内，依据那里险峻的山地、湍急的河流，对赶进的共军作迭次打击。以西昌为据点，同共军周旋，实在不得已时，全军经云南退到缅甸境内。"这是胡宗南和宋希濂在汉中时拟订的方案，当初被蒋介石否决过，今天在会议上又提了出来。

"顾祝同，"蒋介石转而向顾祝同提问道，"你的意见呢？"

最了解蒋介石的参谋总长顾祝同，清楚蒋介石希望他说些什么。他不紧不慢地说道："宗南兄的见解当然有道理。但是，忽略了兵家对阵最重要的一个条件：实力！就西南说来，虽然重庆已破，但我们比共军还占有军事实力的优势。胡长官的 30 万精锐之师，郭汝瑰的二十二兵团一个军，可是全部美式装备的。加上王主席的地方部队就有 50 万大军。这还没有算上我们的空军、海军和刘主席 二十四军、邓副长官的九十五军 在这'川西决战'的最关键时刻，士气不可泄！不能后退！而应精诚团结，服从委员长指挥，组织好川西决战，给来犯之共军以迎头痛击！"

蒋介石听后连连点头称好，随即嘱咐张群，要他同刘文辉等人再从长计议。

第二天，蒋介石为了拉拢刘文辉，专门到成都新玉沙街刘公馆会见刘文辉，要刘为"川西决战"卖命。刘则对蒋虚与委蛇，极力应付。

张群三探刘文辉

12 月 2 日午后，蒋介石命张群会晤刘文辉，以打探刘的真实态度。

刘文辉知道张群是来摸底的，就打电话把刘湘的旧部参谋邓汉祥约来，三人一起谈。

张群首先提出四个问题来征询刘、邓二人的意见：

（一）蒋介石应否复总统职；

（二）王陵基撤换后由谁继任；

（三）川西大会战应如何部署；

（四）刘和邓两部在大会战中如何同胡宗南部配合。

张群一说完，刘、邓二人就已心知肚明了，他们都非常明白张说的前面三点仅仅是作为陪衬，而最后的这个让他二人配合作战才是张的最终目的。

刘文辉让邓汉祥先谈，自己则趁机思考了一番，觉得需要若即若离，让张摸不透。

邓汉祥刚说完，刘即接着说："蒋先生复职和王陵基去留的问题，刚才汉祥谈得对，我都同意。我认为，当前要紧的是军事，仗打不赢，一切皆空。今天全靠胡宗南这张'王牌',别的都抵不了事。"

说到这里,刘文辉借此机会发了几句牢骚:"蒋先生过去对待杂牌军的办法是,打死敌军除外患,打死我军除内乱。事到如今,我们实在感到巧妇难为无米之炊。"随后,他又把话转过来,"今天到了这个光景,但有一兵一卒,也得同共产党拼。"

紧接着,刘又拖了一个尾巴:"你知道,我二十四军散处在康、宁、雅三属,纵横数千里,翻山越岭,徒步行军,非有一两个月集中不起来,怕的是远水难救近火。"以故意显示出他"心余力绌"的矛盾心情。

这样,张群的第一次试探,并没有得到要领。

蒋介石灵机一动,又施一计。他找来四川省主席王陵基,让王去通知刘文辉、邓锡侯、潘文华,要他们去"川西指挥部"与顾祝同、胡宗南"合署办公",共同筹划川西作战事宜。

刘文辉很不满地说:"我只是在成都养病,若委员长有什么不放心的话,我病好些后,立马回雅安。"

蒋介石仍不死心。第二天,张群又把四川省府秘书长邓汉祥召去,让邓向刘文辉、邓锡侯提出两条要求:一要他俩同胡宗南合署办公,共同指挥作战;二是要他俩的家属先去台湾。

两人一听这两条,完全明白蒋介石的意图:第一条是要限制两人的人身自由;第二条是以家属做人质。

当晚,刘文辉约集邓锡侯、熊克武、邓汉祥等商量,决定用一推二拖的办法去抵制：关于家眷问题，用各种托词推却，坚决不去台湾；关于同胡合署办公问题，则口头上答应，实际上不履行，拖下去再说。

商量好了，刘、邓二人在 4 日上午仍让邓汉祥去转告张群。张听了很不高兴，并且特别"照看"刘文辉，向邓说"刘文辉太太不能去，那就叫他儿子去"。

这天晚上，财政部长关吉玉又到刘文辉家向他说："据说你要送家眷到台湾去，恐怕没有外汇，我给你准备好了，随时可以取用。"刘文辉此时向关敷衍了一番："感谢你的好意，让我考虑一下再商量。"

这时，刘已意识到，蒋介石对他的压迫正一步紧似一步，可能明天还会有更严重的场面出现。

果然，刘、邓的上述态度，引起了蒋介石的怀疑。5 日下午，张群奉蒋介石之命电话约刘文辉在励志社面谈。刘预感到会有闹僵的可能，便带上邓汉祥一起，以便有回旋的余地。他们二人一进张的办公室，就立刻觉察出张脸上的怒容。刚坐下，张群劈头一句就问："刘文辉，你究竟打的什么主意？"

刘马上把早就编好的那一套拿出来："我的主意本来早就打定了，要同共产党拼，万一拼不过，就在西康当喇嘛。近日听说共产党军队已从玉树西进，看来这条路也走不通了，现在只有同共产党拼到底……"

正说着，办公桌上电话机的铃声响了。张群忙着去接，对方说话的声音很细，只见张连声答应："来了，来

彭县起义

了。"跟着就把电话机搁下了。

刘文辉判断这是蒋介石从北校场打来问刘行踪的，这时刘的情绪有些紧张了，但又不能不故作镇静。接着他反问张："这几天东路的情况怎样？"

张群将眼睛狠狠地瞪了刘一眼，厉声说道："你不要问东路西路的，问你自己怎么样？"

两个人立即就顶起牛来了。

于是，在场的邓汉祥出来打圆场，他向张说："事情很简单，蒋先生要刘、邓两部如何作战，下命令就是了。如果周到一点，先请你约胡宗南、顾墨三和刘、邓商定作战计划，然后再请蒋先生下命令，那就更好。"

张群没心答理，便拿起电话打给胡宗南，想把刘文辉交给胡宗南以"合署办公"为名，扣留起来。

刘、邓二人非常着急，认为这下子可能逃脱不掉了。

不过，事情就是这样凑巧，胡宗南刚好去了绵阳还没回来，张群再不好当着邓汉祥的面找借口扣留刘，只得改口说："等我和胡宗南约好时间，再找你们开会。"

刘文辉听了如释重负，不禁捏了一把冷汗：好危险啊！差点儿走不了……

刘公馆的唇舌之战

刘文辉和邓汉祥从励志社出来，就直接去了邓锡侯家，他们开始研究与蒋介石的第二个回合该如何周旋。

12月5日晚，张群召集军政要人胡宗南、顾祝同、王陵基、王缵绪、邓锡侯、肖毅肃等在玉沙街的刘公馆开会。刘文辉一如往昔，客厅里灯火通明，大摆筵席，殷勤款待，把酒言欢，使张群、胡宗南没感丝毫异常。

众人边吃边谈，酒至半酣，这时，肖毅肃首先向刘文辉这方开炮："据报邓晋公命所部集结广汉、新都一带，阻击胡宗南部西进；刘文辉的部队已经破坏了邛崃大桥，不许胡宗南部通过。究竟是怎么一回事？"

在成雅道上，刘文辉的确做了军事部署并且决定炸毁邛崃大桥，使胡宗南部的重武器不能通过。但是当时还在准备阶段，尚未执行。因此，他坚决否认，叫他们实地调查，并以"愿具甘结"作为敷衍。

肖毅肃等看到刘的话说得这样坚硬，在这一点上也就再没有人开腔了。继而，肖又拿出一张敌我作战态势图，指指戳戳，对其攻守策略大肆吹嘘，好像死马还可医活似的。这时顾祝同来征询刘文辉的意见："文辉，你看这样行不行？"

刘文辉故意向他们发了一顿牢骚："行是行，可惜我同邓锡侯的部队在过去大部分被整掉了，假使今天还像当年一样，这个重担子我们两个人都担得起。"

胡宗南马上插嘴："刘先生，你不要灰心，我的 40 万军队交给你去指挥。"

刘接着就把胡的话打了回去："我们都是行家，你的部队我哪里指挥得动？我的部队你也不能指挥。"

大家胡扯了一阵，后来胡宗南还是把矛头指向刘："谈了这么久还没有得出结论，刘文辉你究竟打算怎么办？"

刘文辉早就料到胡会将这一军，答复得很干脆："这还用得着我说吗，事实摆得最明白，我又是大军阀，又是大官僚，又是大地主，又是大资本家，样样占齐了，共产党搞的是无产阶级革命，哪里还会要我。"

张群听了十分高兴，把刘的肩一拍，说："文辉今晚说的可是真心话？"

接着，他又满脸笑容地向胡宗南说道："这回你该放心了吧！"

于是，这场激烈的唇舌之战就这样结束了。

刘、邓、潘虎口脱险

在成都解放的前夕，国民党开始杀害革命志士，一些朋友见势不妙，都催刘文辉、邓锡侯赶快离开成都。原川军爱国进步将领、前国民党第十五绥靖区司令郭勋祺，一连三次催促刘文辉说：得到可靠消息，蒋介石已做了部署，马上要采取行动了。

与此同时，周恩来也多次来电催刘文辉行动。12月6日凌晨，王少春递给刘文辉一封周恩来的电报：

> 望即转告刘自乾先生，时机已至，不必再作等待。蒋匪一切伪命不仅要坚决拒绝，且应联合邓锡侯、孙震及贺国光，请先生有所行动，响应刘、邓两将军11月24日的"四项号召"。行动关键在勿恋成都，而要守住西康、西昌，不让胡宗南匪军侵入。万一窜入，应步步阻挡，争取时日，以利刘、邓解放军赶到后协同歼敌。

为了进一步摸清情况，这天上午，刘、邓、潘三人一同去拜会了驻在成都的阎锡山。当时正担任"行政院长"的阎锡山向三人透露："你们到台湾的飞机已经准备好了。"这一番话，给刘文辉发出危险的讯号，也就是蒋介石不但要扣留他的家属做人质，还图谋将刘、邓本人劫持到台湾。

同一天，中共成都"临工委"委派胡克林（胡子昂之子）去刘公馆向刘文辉传达中共中央关于刘、邓、潘起义的三条具体意见：现起义时间已到，宜选择适当地点宣布起义；起义时及时通知；起义后的刘、邓、潘部队撤去国民党军徽，驻地升起五星红旗。

接此指示，刘文辉立即找来邓锡侯、潘文华和胡克林研究具体起义步骤，决定：先稳住蒋介石，然后三人分别潜离成都，去彭县龙兴寺集中宣布起义。

按照预先的约定，当晚，潘文华先从成都去彭县九十五军防地。但正在他等待夜深后行动时，蒋介石侍从室主任陈希曾登门造访。

蒋介石派陈希曾给潘文华送来了要他明日去台湾的飞机票。陈对潘文华说道："明天早晨 8 点整，我来送你去凤凰飞机场，然后直飞台湾。"

"这、这是怎么回事？"潘文华又气又急，结结巴巴地问，"咋个这么突然？"

"我是奉命行事，别的我概不知道。"陈希曾说完径直朝门外走，在走到门口时，又回过头撂下一句："我明早准时来接你。今晚哪里也不要去，待在屋里安全！"

"这可咋办？"潘文华感到十分突然，当即与中共地下党组织取得联系，并同刘文辉、邓锡侯商量后，用"调虎离山"之计，即让卫士长装扮成潘文华，引开监视潘公馆的特务们，潘文华则从潘公馆悄悄潜出，安全地来到了灌县城。

同天晚上，张群在事先不通知刘文辉的情况下突然闯入刘宅。当时刘文辉正在和潘文华的总参议钟体乾谈话，座上无别人，他见一切都无异状，也就心平气和地告诉刘，明早飞昆明，一两天内就回来。

接着，他又以低沉的语调向刘文辉说："形势是严峻的。我们多年共事，希望你和锡侯贯彻始终，共支危局。国家有办法，个人亦有办法。万一不成，要走将来我们一起走。"这显然是给刘一服镇静剂。

而刘文辉也正想趁机从他身上揣测一下蒋的态度："胡宗南和王陵基两位朋友，对我和锡侯误解很深，你是我们的'护身符'，有你在当然无问题，你走了，看他们是否可能开玩笑？"

张群故作镇定地打包票："哪里有这种事？决不会！用不着怀疑。"

张群走后，刘文辉意识到，这是一个不祥之兆。因为蒋对待他的政敌，一向是用两套戏法，用一种人来笼络，一种人来攻击。现在，以柔术取人的张群走了，可能下一场就要叫他那凶神恶煞的胡、王二将出台来演"黑旋风"了，他感到这个虎穴再不可以久留。当晚，他把母亲和妹妹秘密送到朋友家，自己和儿子悄悄住到另一个地方。

潘文华出走后，蒋介石加紧了对刘文辉、邓锡侯的

彭县起义

控制。二人虽未被囚禁，但行动已失去自由，在他们的公馆前后，大街小巷，布满了特务。

7日，刘文辉得知蒋介石已任命胡宗南亲信将领盛文担任成都卫戍总司令，这意味着从此以后，刘文辉等人出城就困难了。

上午8时，邓锡侯来到刘文辉处商量下步行动问题。9时左右，蒋介石侍从室给刘文辉打来电话通知："委座于下午4时在北校场召见刘文辉。"邓锡侯立即打电话回家询问，说是也得到同样的通知。刘、邓二人马上分析形势，都感到下午去蒋介石那儿凶多吉少。斗争已到最后关头，他们决定立即离开成都出走彭县。

刘文辉派代表韩任民，邓锡侯派代表何翔迥当日前往灌县向在养病的潘文华报告两件事：一是刘、邓已决定去彭县准备起义；二是如前所约以三人的名义共同起义。

何、韩二人乘车直奔灌县。潘文华听了汇报后十分高兴，并写了一封信带给刘、邓，表示完全赞同，一致行动。

当天中午，刘文辉命自己的亲信避开住宅周围的蒋家宪兵、特务，携电台先走，他自己则坐下来给蒋介石写了一封信，委婉地说："王陵基与文辉等有隙，屡屡为难，诸事不可为，留蓉无用，只好退居乡间，不与闻党国军政要务，以便中央放手无碍。"

写好后，刘嘱咐手下到午后3时送蒋介石侍从室。他借口到北门外法国医院看病，带着两名随从乘车前往北门。远远望见城门有宪兵盘查，就下车从左侧城墙缺口翻越。当时连续操劳的刘文辉正在生病，气喘吁吁，汗流浃背，由两人扶掖而行，往城隍庙赶去。

邓锡侯出走前，指示九十五军副军长尽快设法把城内军部和军直部队转移到成都以北山地待命。然后带着猎枪，带两名副官，轻车简从，坐着吉普出了北门。步行穿过城隍庙小巷，在庙后坎上佯装打猎，等候刘文辉。

刘文辉、邓锡侯到了崇义桥，立即把所属部队和电台、重要军用物资做了部署。

8日上午，王缵绪奉蒋介石之命来到了刘、邓驻地，他一进门就说："老头子（指蒋）告诉我，他同你们过去一切都是出于误会，无论如何要请二位回成都，一切都好商量。"

王缵绪说到这里，从身上掏出了顾祝同给刘文辉和邓锡侯的一封信，信中大意说：蒋已决定撤王陵基的职，派刘和邓主持川省军政大计。谈了许多好听的话，结论同王所说的一样，就是叫他们回成都去。

刘文辉觉得不妨给他们一点颜色看，同时对王缵绪也摆布一番。于是他对王缵绪说："我们之所以要离开成都，为的是反对蒋在成都平原作战，以免地方糜烂，只要蒋答应这一点，旁的一切都好说。但是不能说空话，要过硬，办法是立即免盛文的职，我和锡侯保举你继任成都卫戍总司令来负责维持地方治安。"

王乍听此说，觉得有点局促，沉吟了一下答道："这么重的担子，我咋个挑得起，但是桑梓关系，又有你们

彭县起义

063

撑腰，只好勉为其难。"

随后，刘文辉同邓锡侯联合给顾祝同写了一封回信。首先提出三点：第一，反对蒋在成都平原作战；第二，立即免盛文成都卫戍总司令职，胡宗南部在两天内撤出城；第三，以王缵绪继任卫总，以四川保安部队来维持地方秩序。接着就给他们以威吓：如果蒋一定要在这里作孤注一掷，使地方受到糜烂，那刘、邓二人就决定率所部与之周旋到底。

刘、邓二人的这封信，本来是拿去向蒋介石最后摊牌的，可是王缵绪却视为珍宝，兴高采烈地怀揣着这封信回城交差去了。

尽管如此，刘文辉和邓锡侯对王缵绪的为人实在是领教够了，唯恐他这次来是到这里查看地形的，以便让蒋介石的空军在这里来一个大轰炸。想到这里，刘文辉和邓锡侯带着部下连夜前往彭县龙兴寺。

后来，王缵绪又派了一个代表，张群和胡宗南也派人先后到彭县，对邓锡侯进行挑拨分化，劝邓单独回成都，但是邓未为所动。

发表起义通电

1949 年 12 月 9 日，刘文辉、邓锡侯、潘文华联名从彭县向毛泽东、朱德发出起义通电。

通电全文如下：

北京 毛主席，朱总司令并转各野战军司令暨全国人民公鉴：

蒋贼介石盗窃国柄廿载于兹，罪恶昭彰，国人共见。自抗战胜利而还，措施益形乖谬，如破坏政协决议各案，发动空前国内战争，紊乱金融财政促成国民经济破产，嗾使贪污金壬横行，贻笑邻邦，降低国际地位，种种罪行，变本加厉，徒见国计民生枯萎，国家元气断绝。而蒋贼怙恶不悛，唯利是图。在士无斗志，人尽离心的今天，尚欲以一隅抗天下，把川、康两省八年抗战所残留的生命财产，作孤注之一掷。我两省民众，岂能忍与终古。文辉、锡侯、文华等于过去数年间，虽未能及时团结军民，配合人民解放战争，然亡羊补牢，古有明训，昨非今是，贤者所谅。兹为适应人民要求，决自即日起率领所属宣布与蒋、李、阎、白反动集团断绝关系，竭诚服从中央人民政府毛主席、朱总司令与中国人民解放军第二野战军刘司令员、邓政治委员之领导，所望川、康全体军政人员，一律尽忠职守，保护社会秩序与公私财产，听候人民解放军与人民政府之接收，并努力配合人民解放军消灭国民党反动派之残余，以期川、康全境早获解放。坦白陈词，敬维垂察。

刘文辉、邓锡侯、潘文华叩

一九四九年十二月九日

这里需要说明的是，关于这个起义通电的发表，事前也是经过一番周折的。

刘文辉和邓锡侯到彭县后，立即成立了一个有中共同志和民革、民盟同志参加的政治小组。刘派李铁夫、李静轩二人代表参加。

政治小组的任务主要是商讨关于起义的问题。其中有两个问题大家意见不统一：一是发表通电时间。有的认为，解放军距成都尚远，敌人的军事压力很大，主张从缓。而另一些同志又认为，刘、邓等人从成都出走，就是表示他们同蒋介石集团在政治上已经完全决裂，势不两立，敌人决不会因他们尚未发表通电这一形式而放过，同时刘文辉内心还顾虑蒋帮接二连三地派人来挑拨分化，可能引起内部猜疑发生事变，因此决定立即行动。

经过反复商量，小组成员都同意后一种主张，于是第一个问题解决了。

接着就商议第二个问题，电文措辞。在这之前，刘文辉恐怕临时写文章来不及，就先在成都拟好文稿带来。当提交小组讨论时，因文内称蒋介石为贼，有的人就觉得"昨天还称蒋委员长，今天就叫蒋贼"，在思想感情上通不过，经过一番周折，最后也还是归于一致了。

当时，他们在彭县拥有的电台，因为不明中共中央呼号，不能直发北京，所以造成了"万事俱备，只欠东风"的状态，当即有人提议说，可以将电文发送雅安电台转发，至此，起义通电终于发出。

24 日，朱德总司令复电刘、邓、潘：

刘文辉、邓锡侯、潘文华诸将军勋鉴：

　　接读 12 月 9 日通电，欣悉将军等脱离国民党反动集团，参加人民阵营，甚为佩慰。尚望通令所属，遵守中国人民解放军总部本年 4 月 25 日约法八章与中国人民解放军第二野战军本年 11 月 21 日四项号召，改善军民关系与官兵关系，为协助人民解放军与人民政府肃清反动残余，建立革命秩序而奋斗。

朱总司令的复电喜讯传来，刘、邓、潘三部官兵莫不欢欣鼓舞。当时刘文辉的二十四军官兵正在前线与王

彭县起义

陵基和胡宗南部对峙，准备战斗，听到这个消息特别兴奋。西康省的行政领导干部也及时把党的有关方针政策、人民解放军的有关指示和起义电文，分别在康、雅、宁三属向各族首领进行了传达。全省人民莫不热烈拥护。

1949 年 12 月 24 日，彭县起义成功。

四、 两军对决

- 蒋介石愤愤不平地向胡宗南下了离开大陆前的最后一道命令:"炮轰刘文辉公馆!"

- 胡宗南拍胸表示:"我们是总裁部下,校长的学生,竭智竭忠竭力,不负领袖厚望,不成功,便成仁。"

- 邓小平说:"我看解决西昌问题一定要快,这样就可以打破蒋介石在大陆的一切梦想。"

炮轰刘公馆

1949 年 12 月 10 日上午，成都天气阴霾，寒气彻骨。蒋介石得到云南消息，确悉云南绥靖公署主任卢汉已宣布起义，连李弥、沈醉等人也在起义通电上签了名。副官还送给蒋介石一份毛人凤部下窃获的卢汉给刘文辉的密电，内容为要刘文辉会同四川将领扣留蒋介石，为人民立功。蒋介石看完电报，气得脸发白手发抖地说："刘文辉与卢汉早有勾结！"看来成都是不能久留了，他立即收拾行装飞往台湾。好在他早已命令停在凤凰山机场的"美龄号"专机做好随时起飞的准备。

这时，侍卫副官慌慌张张跑来报告：军校周围和附近几条街道上发现不少穿便衣的陌生人，早点动身吧！

卢汉密电，再加上大批陌生人，这可真是非同小可！蒋介石由蒋经国陪同，下楼钻进黑色轿车，向凤凰山疾驰而去。顾祝同随行。

守在专机前的毛人凤扶着蒋介石上梯入舱。蒋坐定后，传见胡宗南，对他说："顾总长随我走后，由你代理西南军政长官。你当前的任务是迅速消灭刘文辉部队。"提起刘文辉，蒋介石的气就又来了，于是，他愤愤不平地向胡宗南下了离开大陆前的最后一道命令："炮轰刘文辉公馆！"下午 2 时，"美龄号"起飞，在上空盘旋了几圈，在苍穹中渐渐消失。

蒋介石命令下达后，国防部二厅提出了执行方案，送交代理西南军政长官胡宗南，其方案为：

  1. 刘文辉及其家族在四川、西康几十年，鱼肉乡民，占人房屋田地总计在万亩以上，所以必打必抄；

  2. 刘、邓两部向来不和，只打一个不打另一个，可使刘、邓互相猜忌甚至内讧。即使我们在成都撤守，刘、邓以下人员，也留待共产党"没收分田"政策来"惩治"他们，使之自食其果，怨恨共产党，这样可在共产党和起义部队之间，埋下一颗定时炸弹。

胡宗南认为这个方案说得颇有道理，便立即批准成都防卫总司令盛文执行。

这天晚上，胡宗南部第三军军长、成都卫戍司令盛文派兵一个营，包围了成都新玉沙街刘公馆。先用无后坐力炮向大门发射两枚炮弹，大门被摧毁，胡部士兵在大门和四周围墙上用机枪、冲锋枪向公馆内疯狂扫射。公馆内少数守卫人员死的死，伤的伤，逃的逃。

当攻击部队突入院内时，剩下的是门房徐金山、伙夫王俊书和洗衣工两人，私包车夫两人，另外几十名妇女和孩子是大邑县老家来的亲戚，已经吓得失魂落魄，哭哭啼啼，还有参议员、刘文辉的机要秘书范仲甫。

第二五四师师长陈岗陵接到战斗结束的报告，立即派副师长李鹤去刘公馆视察。李鹤到这里看到双方死伤10人，缴获步枪40余支，轻机枪6挺，重机枪1挺，手枪4支，冲锋枪4支，各种汽车6辆。然后，李鹤叫缪和银团长将被俘人员集中在一间屋子里听候处理。

缪团官兵冲进刘公馆后，打窗撬门，翻箱倒柜，到处找寻值钱的东西，大发洋财。最后官兵在公馆花园草坪侧边发现一个库房。官兵们一拥而上，用砖头砸，斧头砍，门仍打不开。一个军官发现库房钢板门上有"成都协成银箱厂监制"的字样。他立即派士兵到华兴街找到该厂的技工，来刘公馆把钢门打开。官兵们蜂拥进去一看，里面存放有金条、沙金、银元、鸦片、字画、古玩、玉器、麝香、鹿茸、虫草和各种听装香烟，官兵明拿暗偷，连团、营军官也不例外。

原来胡宗南早就侦知刘文辉在西昌有几处金矿，也知道刘文辉家财不菲，但以为既然刘已起义，金银财宝一定早已转移，万万没有料到收获如此丰富。

12月13日，盛文命令成立清查委员会追查打劫的财物，经清查后上报的有：保险柜7个，内装黄金三四百条（每条10两），银箱20口，全部装满银元；还有大量名贵药材；大小皮箱50余口，装满皮、毛、呢衣服和衣料；各种匹头上千件；大大小小古玩玉器不计其数，还有铁听香烟1卡车和大小汽车3辆等。至于官兵中隐藏的、开小差带走的也就无法查清。刘文辉收藏的历代有名的书画作品，如文徵明的山水、唐伯虎的仕女图、董其昌的横幅、郑板桥的竹子、王原祈的山水、刘墉的对联以及张大千、张船山、齐白石、徐悲鸿等人的字画多幅和一批线装古书统统被熊熊烈火吞噬。

盛文将所获"战利品"向胡宗南请示处理。胡批示：将金银奖励官兵。但在具体分赃时，盛文本人就分得黄金700两，而每个士兵仅有两三钱。

在同一时间，盛文部队还抄了伍培英和刘元瑄公馆。

1949年12月23日，胡宗南仓皇逃离成都时，命盛文派人在刘公馆内的三幢砖房下面各埋了一大箱"TNT"炸药。他们预谋撤走后，刘文辉及其家属必然返回家里来拿钱财，定遭炸死。

可是，25日在战斗中逃脱的守刘公馆的卫士李成孝，伙同刘文辉方正街住宅守门的王老幺跑回刘公馆，想捡点残留的东西。他们刚刚跨上一幢楼房台阶，就听"轰轰"震天动地的巨响，顿时烟雾弥漫，砖头瓦块乱飞，附近几条街的瓦都被震烂，老百姓沿街哭喊。其他两幢砖瓦房也变成断壁残垣。李成孝、王老幺被炸得血肉横飞。为此，刘文辉和他的家人也算躲过一劫。

两军对决

打刘拉邓离间阴谋

　　刘文辉宣布起义后的第二天，西南军政长官公署下令，限刘文辉驻南门武侯祠部队于 12 日前撤退至新津河西岸，刘部对此不予理睬。

　　1949 年 12 月 12 日晚，就在洗劫刘公馆的同时，胡宗南、盛文命十七师师长邓鸿仪包围了刘文辉部驻成都南郊武侯祠的董旭坤警卫团，另以两个营的兵力截断武侯祠通向成都和双流县的去路，要求彻底消灭董旭坤警卫团，防止其突围。同时还配备了一辆 15 吨的坦克以作攻坚之用。

　　14 日凌晨 2 时，胡宗南之第三军盛文部，以数倍兵力，加以坦克、装甲车，向刘部董旭坤团发起突然袭击。该团先掩护中共党员、民主人士安全转移，然后在敌重重包围中奋起应战。苦战至翌日晨 8 时，武侯祠围墙被敌坦克突破，官兵在激战中大部牺牲，一部被冲散，一部被俘。董旭坤突围后率余部归队。

　　与此同时，盛文部缪和银团把驻成都华兴街邓锡侯部一个营层层包围，但不进攻。只在外面喊话："友军不打友军，只要放下武器，保证安全"，因而骗得秦述观营放下武器。胡部将全营官兵送到成都西门外，并如数归还了收缴的武器。

原来这是胡宗南批准的一个阴谋，企图用两种不同的对待方法来分化刘文辉、邓锡侯两人的联合行动，打刘拉邓。但这一阴谋并未得逞。

　　由于刘、邓、潘的起义，加之人民解放军的强大攻势，我二野、一野的迅速合围，解放大军从东南北三面逼近成都，国民党胡宗南等部共 19 个军、52 个师完全陷入解放军大包围圈。第十五兵团司令罗广文、第二十兵团司令陈克非率部在郫县起义，川湘鄂绥靖主任宋希濂向川边逃窜，在峨眉以西金口河被俘。

　　12 月 23 日，胡宗南由成都飞逃海南岛，成都防卫总司令盛文深夜由成都潜逃，27 日，胡宗南的精锐部队、国民党第五兵团司令李文以下 5 万余人投降，南北两线在成都胜利会师。四川省会成都光荣解放。

两军对决

胡宗南 "戴罪立功"

再说胡宗南乘飞机去海南后，便与蒋介石失去了联系。当日，蒋介石派人四处查找胡的去处，当他得知胡宗南擅自前往三亚时，马上派出顾祝同到三亚对胡进行"查办"。

顾祝同到海南后，向胡宗南说明了来意。胡一听，顿时吓傻了眼。他虽然心里不服气，嘴上却连忙向顾祝同求情。看到胡宗南可怜兮兮的样子，顾祝同给蒋介石回电说：

> 宗南飞抵海南，并非初衷。皆因西昌连日暴雨，周围机场非雨即雾，无法降落，才临时决定改飞三亚，并无逃脱之意。宗南不失对总裁的初衷，愿即返西昌，立功赎罪。

胡宗南还派出罗列参谋长前往台湾，向蒋介石"解释"飞南的原因。随后，胡宗南接到了蒋从台湾发回的电报：

> 顾总长来电及罗参谋长来台面报军情，日来忧患，为之尽息。此时大陆局势于西昌一点，

而此仅存一点，其得失安危全在吾弟一人之身，能否不顾一切，单刀前往，坐镇其间，挽回颓势，速行必成，徘徊则革命为之绝望矣。务望发扬革命精神，完成最大任务，不愧为吾党之信徒，是所切盼！

12月28日，胡宗南以"戴罪立功"的名义，率飞海口的各高级官员，分别乘飞机前往西昌。

西昌位于西康省的东南部，南临金沙江，北有大渡河，东有大小凉山、鲁南山，与云南毗连，西有雅砻江、安宁河环绕，是攀西地区的政治、经济、文化及交通中心。

早在第二野战军进军贵州时，蒋介石就曾亲自到西昌进行过勘察和部署，当时他命令胡宗南将其第一军第一师第二团于1949年12月1日由汉中空运西昌，与贺国光西昌警备司令部警备团一起在此固守。成都战役后，国民党军第一二七、一二四、六十九、三十八、二十七、三十二军等残部，纷纷撤向西昌南北地区。国民党军在西昌地区的总兵力计1.2万余人。

胡宗南到西昌以后，住在离西昌城5公里左右的邛海新村。

邛海是一个风景绝幽的地区，有方圆31平方公里的水面。邛海新村就建在邛海的正北面，村南不到半里就是邛海。这个新村是蒋介石在西昌的行辕，张笃伦当

"行辕主任"时，在 1938 年到 1940 年间建筑的，都是平房，约有 200 间，散筑在半山坡上。

胡宗南到后即住在蒋介石的官邸，其他随行人员及卫士等，即散住村子里。村外由第一师朱光祖团负责保卫。

蒋介石在胡到达西昌的第二天，又发给胡一个"十万火急"的电令，给他两个任务：一是固守西昌 3 个月，等待国际变化；二是收拾川西突围的部队，加以整编，保卫西南大陆。

胡宗南接电后，即在邛海新村召集副参谋长沈策、"西安绥署"政治特派员周士冕、成都训导处副处长李犹龙、负责少数民族联络活动的王炳炎、"西南军政长官公署"高参室主任蔡繁等人开会研究。

当时，他们分析了国内外局势及胡所掌握的部队情况后，认为：

（一）看不出美国有打第三次世界大战的迹象，第七舰队虽然到了台湾，但这只是"防卫"台湾，三个月内世界大战绝不会打起来，国际上亦不会有大变化。

（二）现在"中央部队"不是被解放军吃了，就是逃到台湾和海南岛；仍在大陆上的，除了胡手下的非常有限的残部，就只有云南境内李弥、余程万两个军。

（三）解放军占领川西之后，绝不会让胡部作长久的喘息，甚至在短期内就会进攻西昌。

（四）能不能固守西昌三个月，首先要看守西昌的力量。照计算：

（甲）在西昌归胡宗南直接掌握的，只有第一师一个团和一个卫士连，全部不到2000人；（乙）贺国光有两个警备团，有2000多人，据说只有一个团能够使用，另一个团没有战斗力，而且胡宗南不能直接指挥；（丙）"西昌靖边司令部"有两个团，一个团在司令邓德亮手里，一个团在副司令孙方手里，胡宗南不但不能直接指挥，可能还有问题；（丁）二十七军军长刘孟濂虽然联系上了，但只剩了1000人左右，而且还没有到西昌。（当时顾葆裕的消息还未到）凭这么一点兵力，怎能固守西昌三个月？

（五）要在大陆上保持一个据点应该在云南以西地区想办法；而把西昌、泸定和雷（波）马（边）屏（山）峨（边）地区作为游击区，才可以进攻退守。

（六）西昌是个彝族区，汉人很少，一旦失败，即将全部覆灭，石达开即其先例。

会议结束后，胡宗南又命令其副参谋长沈策拟订一个"固守西昌、保卫大西南"的作战计划。

当晚，沈策和胡宗南的几个军师费了九牛二虎之力，最后研究出三种切合实际的方案：退守台湾，保全反共骨干为上策；进军滇西，设立据点为中策；固守西昌，等待毁灭为下策。

10月31日晚上，胡宗南再次召集他的军师们开会，共同讨论"方案"内容，当他看到最"上策"的方案后，立即大骂主要负责人沈策，最后，还是刚由台湾飞抵西昌的参谋长罗列出来打了圆场，此事才算告一段落。

几天后，胡宗南"决心"固守西昌，他分析了自己手下的兵力和经济状况，进行如下部署：

第一，整顿残部，将其嫡部李昆岗带来的一个团及刘孟濂残部整编为第一师，朱光祖任师长；整编顾葆裕、胡长青残部，发给粮饷，令其分别防守会理及汉源大渡河沿线。

第二，组织地方反共武装，重金收买少数民族上层反动头人，封官晋职，先后任命了"反共救国军"七个纵队的司令。

第三，重举"西康省政府"的旗号，先后由贺国光及只身逃到西昌的西南军政长官公署副长官兼四川第一路游击指挥唐式遵兼任主席，并指派了政府委员及各县县长。

为阻止解放军进入西昌，胡宗南还对"固守西昌"

的军事力量作了部署：

> 以第一二七军第三一○师残部守康定，以
> 第二十七军第一三五师残部守泸定，以第三三
> 五师一个团及第六十九军残部守富林，以第一
> 二四军残部及第二军第七十六师守会理。

这样，国民党军以西昌为核心，在南起金沙江北岸、北至康定及大渡河东岸地区形成了一定气候。

1950年1月下旬，蒋经国奉蒋介石之命飞抵西昌，为胡宗南打气，并许诺西昌所需武器弹药均由台湾运送，西昌供给每天也由台湾空运。

胡拍胸表示："我们是总裁部下，校长的学生，竭智竭忠竭力，不负领袖厚望，不成功，便成仁。"

两军对决

向西昌进军

就在胡宗南信誓旦旦地要与西昌共存亡之际，贺龙、刘伯承等下达了向西昌进军的命令。

1950 年 2 月 22 日，西南军区司令部奉中央军委命令，正式成立了西南军区，贺龙任司令员，邓小平任政治委员，陈赓、周士第、李达任副司令员，宋任穷、张际春、李井泉任副政治委员，李达兼参谋长。

这天早上，贺龙、邓小平正在院子里散步，李达手里拿着一封电报，急匆匆地走了进来。

"陈赓副司令、宋任穷副政委来电，滇南残匪全部肃清。"李达高兴地说。

"蒋介石建立'云南反共基地'的梦想又破灭了，这下在西南地区就只剩下一个西昌了。"贺龙说。

"我看解决西昌问题一定要快，这样就可以打破蒋介石在大陆的一切梦想，也好让老蒋在台湾睡几天踏实觉，省得他老做梦了。"邓小平说。

为了拔除蒋介石集团在大陆的最后一个军事据点，1950 年 3 月，西南军区司令员贺龙、政治委员邓小平决定，以第十四、十五、六十二军各一部，配属边纵一部，共 13 个团的兵力进行西昌战役。

具体部署为：

北路：六十二军一八四师分左中右三路，从川西温江出发，向西昌挺进。左路由副师长陈捷第指挥，率五五〇团经峨边绕大渡河南岸，过羊村河、牛日河到田坝、海棠，消灭外围之敌，阻截大渡河守敌南逃道路，从敌军背后配合主攻部队抢渡大渡河天险。中路，由师长林彬指挥，率师指挥所及主攻部队五五二团，沿乐西公路，经蓑衣岭、富林，过大渡河、小相岭，从正面攻击西昌。右路，由师政委梁文英指挥，配合主力歼敌于预设地域后，从石棉过大渡河，经冕宁直下西昌。

南路：十四军四十师一一九团、四十二师一二四团和十五军四十四师、四十三师从滇北和滇西北，分左中右三路向西昌包抄前进。左路，四十师一一九团，由云南禄丰出发，经永仁，北渡金沙江，直取盐边；四十二师一二四团，在桂滇黔边区纵队配合下，由云南宾川出发，经永胜，疾进盐源。中路，四十四师一三零团、一三二团，由云南曲靖出发，在金江支队配合下，北上龙街，渡金沙江，攻姜驿、会理、德昌，再攻西昌。右路，四十四师一三一团，由云南曲靖出发，在金江一支队配合下，北进巧家，渡金沙江，攻华弹、宁南、普格，再攻西昌。

当月 12 日，各路解放大军从 6 个方向，同时向预定位置开进，合围西昌。解放军以强大的攻势不断挺进，拉开了西昌战役的序幕。

邓小平评价刘文辉

邓小平曾说："西南战役之所以能获得如此胜利，是由于毛主席领导的正确，全国胜利形势的影响以及人民解放军无坚不摧的力量。同时卢汉、刘文辉、邓锡侯、潘文华诸将军于 12 月 9 日宣布起义，亦起了良好的配合作用。"

党和人民政府没有忘记刘文辉的功劳。新中国成立后，刘文辉历任西南军政委员会副主席、四川省政协副主席、林业部部长、国防委员会委员、全国人大常委、全国政协常委等职，后来被授予一级解放勋章。

1950 年，刘文辉到北京参加政协会议时，民革和民盟两个民主党派中央的领导人都表示要公开他的成员身份，使刘文辉一时难以决断。

原来，1945 年，中国国民党革命委员会前身之一的"三民主义同志会"在四川创建时，李济深曾派杜重石带密函给时任国民党西康省政府主席、二十四军军长的刘文辉，希望他组织领导民革川康地下活动，刘文辉接受了委托，担任了地下民革川康分会的领导职务。刘文辉还在成都成立了民革川康分会，可谓是"民革"的老资历了。

其实在此之前的 1944 年秋冬，刘文辉、潘文华、龙

两军对决

云三人曾陆续参加了"中国民主同盟"。刘文辉、潘文华两人在成都张　住处亲自填写过入盟登记表并呈交民盟主席张澜，当时算是办了入盟手续，成为秘密盟员。事后，张澜将登记表烧毁，以示保密。龙云则在重庆由张澜亲自吸收入盟。他们都是与中国共产党早有联系的地方爱国将领，入盟后更方便了这种联系，也促进了他们对抗日民主运动的支持。民盟为避免国民党的操纵，保持自己的独立性，黄炎培等领导人拒绝了国民党政府津贴，因此民盟在创业时期的必要盟务费，大多为刘文辉、潘文华、龙云等人的捐助。

民盟促进了龙云、刘文辉、邓锡侯、潘文华4人的联合，鼓励他们坚持抗战，反对妥协投降，支持民主运动，抵制蒋介石的独裁统治，也促进了他们走到人民的阵营。

刘文辉的民盟身份问题，反映到周恩来总理那里，周恩来说，解放后都是公开活动，参加一个民主党派就行了。

从历史渊源看，"民革"更合适刘文辉，因此，刘文辉公开了"民革"身份，后来担任了"民革"中央常委。但刘文辉和民盟一些老同志、老朋友仍然保持着密切的关系，因为，"民革"和"民盟"的双重身份曾经促使他选择了光明的革命道路。

五、 剿匪安民

● 面对众多的土匪，中共西昌地委、解放军西昌军分区，决定分两个阶段展开清匪斗争。

● 8月，西昌德昌地区人民在党的领导下，开展了如火如荼的清匪、反霸、减租、退押的翻身运动。

● 经过了一天的激战，被土匪围攻了七天七夜的德昌县城，终于又重新回到了我人民解放军手中。

西昌剿匪

1950 年 3 月，在我军发起的西昌战役消灭了蒋介石残留的主力部队后，西昌地区国民党潜伏的特务就勾结当地的地主恶霸武装、分散土匪，猖狂地活动起来。

当时，与人民为敌的国民党残部、特务、地主、土匪武装等，不甘心自己的失败，互相串联，密谋策划，利用西昌区域的山高水险、涧深林密和解放军部队分兵各地开展减租退押工作无暇顾及，人民群众尚未充分发动起来的时机，全面掀起反革命土匪武装暴乱。

土匪们打着"西南人民革命军"、"西南反共救国军"、"人民自由军"、"冕宁自由平等军"、"反共联军"等旗号，围攻守点解放军，攻打重要集镇和县城，残杀军政人员，破坏交通和通信设施，抢劫财物，气焰嚣张。

上千匪众的大暴乱，最先起于越北部。1950 年 6 月 18 日，越大田坝匪首古诚斋，打着"反共救国救民军西康先遣支队"的旗号，与土匪头子张金波、羊德清等在树堡、洗马沽、河南站、大田南一带发动土匪暴乱。接着，"冕宁自由平等军"司令岳景奎，四处联络，频繁活动。

盐边匪首诸葛绍武包围了重要集镇苹苴卢；盐源匪首张玉麟包围了经济重镇白盐井；会理匪首苏汉彬、苏海澄、聂湘石、李本善、姚玉明、王姚氏分别在县城、太平场、姜舟小官河发起暴乱；德昌匪首张汉壁率匪徒攻入县城；宁南匪首刘光太、刘光森、刘光禄暴乱，打死驻军营长、连长，妄图攻城劫狱；雷波、金阳匪首龙云武、唐生洲、徐元明占领金沙江北岸数百里的所有重要场镇和军事要点。尤其严重的是凉山首府所在地西昌，在"统一前进自由党"政治负责人张绍伯的精心策划、组织下，组编了"潜忠团"、"潜孝团"、"潜智团"三个团，并与河西地区匪首"西、盐剿共总司令"赵明安、副总司令邹应禄勾结，包围了除礼州、西宁以外的所有区乡政府，以2000匪众里应外合攻打西昌。

面对众多的土匪，中共西昌地委、解放军西昌军分区和一八四师指战员，在集中兵力狠狠打击西昌城内外匪徒，先解西昌之围后，全面贯彻"军事集中打击、政治瓦解与发动群众三结合"的方针，分两个阶段展开清匪斗争：第一阶段，剿灭腹心地区叛匪；第二阶段，剿灭边沿地区叛匪。

剿匪安民

兵分两路强攻梗堡

1950 年 8 月，打着"西南人民革命军"旗号、以龙云武为首的3000 多名土匪盘踞在川西金阳县一带，把特别险要的老巢梗堡称为"小台湾"，气焰十分嚣张。

梗堡位于大凉山南端，海拔 3000 米，地势十分险要。长期以来，这里是"云南王"龙云之子龙绳曾的势力范围。云南解放前夕，龙就有预谋地在该地囤积大批粮弹。6 月份，龙绳曾在昭通叛乱被击毙后，其舅父龙云武逃到梗堡，搜罗残匪 1500 多人，拼凑成立了"西南人民革命军"，龙云武自封司令，以苏慕武、唐声周、郑霖为副司令，企图凭借梗堡的有利地形，与我军进行"游击战"。

为消灭这股土匪，西南军区命令驻川西、滇北、西昌的部队，各组织一支相当于团规模的精悍队伍，由设在峨眉的总指挥部郭林祥司令员统一指挥，消灭流窜在金阳县一带龙云武匪部。驻西昌的一八四师，决定抽调五五一团一营和五五二团一营及师直机关干部、医务、警卫后勤等共 1200 余人，组成东进支队，五五一团副团长周培成任支队长，五五二团参谋长刘国栋任副支队长，师民运科长赵旺任支队政委，率部东征金阳梗堡。

东进支队于 10 月 12 日从西昌出发，经昭觉南下，19

日进入南瓦阿力乌撒土目辖区。支队政委赵旺在民族工作团副团长毛筠如、彝族干部蒋道伦陪同下，与土目阿力乌撒歃血为盟，顺利通过南瓦，到达斯嘎波西后，兵分两路：一路由支队长周培成率领，从波洛梁子经沙坝直插土匪重要据点灯厂背后的龙王庙；一路由支队政委赵旺、副支队长刘国栋率领，取道新寨子，直插土匪重要据点天地坝。约定待攻下两个据点，占领重要渡口后，合兵进攻土匪老巢梗堡。

10月20日，赵旺、刘国栋率部从斯嘎波西出发，沿山路穿密林，第二天早上来到天地坝背后的陡峭山下。这时，驻守在该处的土匪哨兵发现了我军的队伍，慌忙地跑到天地坝报信。驻守天地坝据点匪团长魏培宇的儿子魏林，匆忙将土匪拉到老营盘抵抗。解放军居高临下，从牛坪子、野猪湾两个方向发起攻击，不到半小时就占领了天地坝。

为了截断土匪向云南逃跑的道路，我军又派出快速小分队夺取金沙江德姑渡口。

赵旺政委在天地坝邀请彝族头人座谈，宣传党的民族政策。当地8名土司、土目和16个家支的头人100多人按时赴会，土司特口阿落当场要求随军攻打土匪据点灯厂，其他上层人士纷纷响应。慑于解放军的强大声威，土匪团长魏培宇12月24日率残部从桃子坪前来投降。

波洛梁子分兵后，由周培成率领攻灯厂据点的五五一团一营和五五二团二连，于10月21日拂晓到达古鲁耻梁子北段的小方田，逼近重要据点灯厂街。周培成命令部队留下骡马辎重及后勤人员，由五五一团一营营长郭子民带两个连沿南坡而下，攻占金沙江码头，截断灯厂土匪向云南逃窜渡口，自带二三连和机炮连从北面进攻灯厂。

灯厂背后险山是古鲁耻龙王庙营盘，土匪据险修筑碉堡、布置轻重机枪防守，营盘外面险要路段设置滚木礌石。二连一班战士在黎明前浓雾掩护下扑向该地，在相距 3 米时被守在那里的匪徒发现，土匪们立即拿出枪来对着浓雾中的我军战士狂射。二连连长于德金指挥一排实施强攻，将几十名匪徒逐出营盘。

驻守灯厂的土匪军师徐元明听到营盘的枪声，立即派出一股土匪前来增援。天亮后，土匪与二连反复争夺龙王庙营盘。我军二连炮手吴佳元连续炮击匪群，周培成趁匪徒慌乱之际命三连出击，打退匪徒的进攻，牢牢控制住龙王庙营盘。

与此同时，营长郭子民带领两个连与岳家码头匪徒交火。匪中队长卢光强见岳家码头失守，只身投江。营长郭子民指挥两连战士乘胜全歼羌家岩山洞土匪，进入新场坪子，扼住灯厂通向龙王庙的咽喉要道。土匪总司令龙云武闻灯厂战斗激烈，率土匪 200 余人，精选 30 多名敢死队员，从德姑渡口赶到灯厂，与军师徐元明策划，利用朦胧月色，以"舅老爷"为联络暗号，分兵三路偷袭龙王庙解放军。龙云武亲带一路土匪于 10 月 27 日凌晨

3时，向龙王庙解放军阵地反扑。龙云武腰插左轮枪、手提冲锋枪，亲率敢死队冲到龙王庙附近松林坪、四方地，被解放军击毙。匪众见"舅老爷"已死，乱作一团，急向山下溃逃。解放军乘胜追击，一鼓作气攻下灯厂。老奸巨猾的军师徐元明带领200余名残匪向梗堡逃窜。

经过七天七夜的激战，我军总算取得了攻打灯厂的最后胜利。

为了尽快地攻下梗堡，我军首长对此作了这样的战略部署：西昌驻军一八四师东进支队、云南驻军四十三师西进支队，由十五军统一指挥。四十三师一二九团守金沙江南岸新街子、小田、新厂沟一带，堵截土匪渡江南逃；四十三师一二七团从金沙江北岸对坪子、标杆树一线向梗堡侧翼进攻；一八四师东进支队从丝瓜口向梗堡正面实施强攻。

11月11日凌晨，总攻战斗打响。土匪团长苏慕武带领70多名土匪，用3挺机枪封锁丝瓜口崖壁小道。主攻部队尖刀连五五一团三连，在八二炮、轻重机枪掩护下，顶着弹雨和滚木礌石冲向羊肠小道。第一梯队的战士有的倒在山坡上，有的被滚木礌石砸下深沟，三排长田克恭胸部中弹，在血泊中向前爬行，高喊冲锋，壮烈牺牲。二排长李炳珠带领第二梯队，踏着铺满战友鲜血的小道前进，同班长朱良荣一起中弹倒下。三连的勇士们集中全部重火器猛烈射击，前仆后继，强行冲锋，终于在下午攻占了丝瓜口险隘，毙敌30名，后续部队乘胜前进，

剿匪安民

经一昼夜激战，攻克梗堡。

经过梗堡一战，盘踞在大凉山地区的龙绳曾残部全部被我军歼灭。击毙龙云武，生俘苏慕武、唐声周、郑霖及匪大队长、营长以上匪首共计 26 名，匪团长侯光富、大队长冯万友向我军投降，各地逃往梗堡的大小匪首全部落网，歼匪共计 1400 多人。至此，龙绳曾匪部全军覆灭。

智调姜舟女匪首

就在我五五一团和五五二团前往金阳县一带围攻梗堡匪巢时，我军五五〇团的战士也正在会理县一带开展紧张的剿匪工作。

1950 年 8 月，我五五〇团进驻会理县，在地方党委领导下，发动群众剿匪肃特，建立革命政权。

可是，潜伏在这里的国民党武装匪特不甘心失败，他们勾结当地的地主、流氓等发动武装叛乱，四处抢劫，残害群众，抓捕我政府工作人员，袭击我外出活动小分队。1950 年 8 月中旬，胆大妄为的匪特们更向我军的驻守地发起多次进攻，并扬言："要攻下会理县城，赶走解放军。"

9 月 15 日早 8 时，女匪首王姚氏率部 300 多人，分两路包围我驻会理姜舟村部队，扬言要"消灭姜舟解放军"。他们首先割断了我军通往会理的电话线，妄图切断我小分队同会理的联系，以此夺取姜舟。

女匪首王姚氏是这股土匪的总指挥，她本是金沙江中游守备司令苏绍章手下营长王继禄的小老婆。会理县解放时，王继禄被捕，王姚氏掌管丈夫旧部势力，与匪骨干龙成、芦庆华、夏志科等搜罗地痞流氓，进行垂死挣扎。

剿匪安民

我五五〇团九连八班、小炮班和金江支队四中队共百余人，在九连指导员张兴林、支队长胥印候带领下，在姜舟附近开展地方工作。他们得知王匪部准备围攻姜舟的消息后，拟好战斗方案，加修工事、火力点，积极做好战斗准备，决心以少胜多，争取时间，协同主力全歼该匪。

这天，匪特们将我军的电话线切断，我团党委立即下令："抓紧战机，集中兵力，痛歼该敌。"一面命令张兴林、胥印候固守待援；一面秘密抽调部队，集中主要兵力，隐蔽插到敌后，以便四面包围，内外夹攻，全歼这股匪特。

我军驻姜舟部队接到团的命令后，加强作战部署，把全部人员集中到村北高地黑神庙和村东山堡上，以九连八班、小炮班坚守黑神庙，金江支队直属排两个班坚守黑神庙以北的观音庙，直属排一个班坚守东山碉堡，以金江支队另两个排为预备队。各坚守分队依托坚固工事和地堡、火力点，构成环形防御，既能单独作战，又能互相取得火力联系，构筑好阵地，准备迎击敌人。

当九连到村外占领阵地时，匪特即拥入村内，大喊大叫："解放军败了！"接着，敌人就猖狂地向黑神庙、观音庙、村东山碉堡攻击而来。我军立即迎头痛击，消灭了跑在最前面的 9 个敌人，其余的敌人抱头窜回村内。然后，他们时而向我阵地猛攻，时而用冷枪冷炮袭扰，封锁我人员进出道路，还公然喊话"劝降"，叫嚣要"打死张兴林，活捉胥印候"。敌人估计我姜舟守军少，会理兵力分散，不会抽调部队增援，妄图在长期围困中，消耗、削弱我防御力量，从而攻占姜舟。但是，守在阵地的九连勇士们，团结一心，一直坚守了六天五夜，而且越战越猛，士气越来越高。

与此同时，我五五〇团在会理城集中九连两个排、一连两个排、三营机枪连一个排，组成了一支精干的突击部队，由三营营长王来保同志指挥，于17日晚出发，利用夜色，长途奔袭，连续三夜冒雨行军，于19日夜迁回到敌人后方姜舟村东南的铁匠村。将留守在该村之匪全部活捉，并解救出5名被敌人抓去的我政府工作人员。当天深夜，插至姜舟村南山敌人背后隐蔽起来。

为迷惑敌人，我团又组织了一支佯攻部队以掩护突击队的行动。这支队伍于19日早饭后，由城内出发，沿着大路向姜舟佯动，一面掩护修复通往姜舟的电话线，一面打枪打炮，摆出拼命增援的架势，把敌人吸引到佯攻的方向。

负责佯攻任务的一连，从会理到姜舟对敌人边打边进，有时追过去，又撤回来，纠缠了一天多，等到预定的20日上午9时，准时前进到姜舟村北，与敌人展开激战。这时，他们已架通电话，同坚守部队取得联系，部队在村北展开，只等主攻部队准备就绪，便同时发起冲击。

敌人总指挥、女匪首王姚氏，一直认为我增援部队

剿匪安民

的主力在村北,她把注意力完全集中在通往会理方向,主要兵力也放在村北,与担任佯攻的一连激战不息。

9月20日上午10时,敌主力还在拼命阻击我佯攻部队,3颗红色的信号弹在姜舟村内腾空而起。

王营长带领的突击队趁敌不备,由南向北突然猛攻敌人背后,打得敌人措手不及。张兴林和胥印候指挥坚守部队,从北山和东山向敌发起攻击,积极主动协同增援部队围歼敌人。匪特被四面包围起来,走投无路,四处乱窜,无处藏身。

这时,姜舟村内外冲锋号声和喊杀声连成一片,战士们的欢呼声和"缴枪不杀!""举起手来!"的喊声回旋在村子上空,涣散的匪徒纷纷缴械投降。匪首见大势已去,仓皇向卡吉、铁匠村方向逃窜,立即被我堵击部队截回。

匪总指挥王姚氏为了活命,跳进茅坑,用瓜瓢盖住头顶,躲进厕所脚踏板下,仍被搜出就擒。

这次战斗,生俘匪总指挥王姚氏以下240余名,毙伤匪副总指挥龙成以下150余名,缴火炮两门,长短枪100余支。

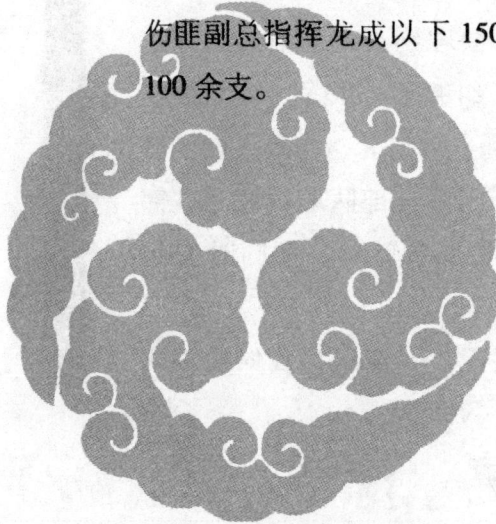

捣毁匪患巢穴黄水塘

1950年8月，西昌德昌地区人民在党的领导下，开展了如火如荼的清匪、反霸、减租、退押的翻身运动。可是，以赵明安和张功成为首的匪徒们仍然不甘心就此放手，继续干着危害群众的勾当。他们一方面破坏当地群众的生产，一方面又多次杀害我方革命同志，并长期占领德昌县黄水塘镇，幻想将这里变成他们为非作歹的"领土"。

9月1日，我军五五一团二连二排的战士们来到了黄水塘镇。接着，该排排长访问了当地的地委工作队，向其了解了土匪的驻地情况。

二排长用最快的速度对这次战斗和工作进行了安排：由六班负责保卫地委工作队驻地，四班、五班和七班作为主要出击力量，随时准备应对意外情况。

接下来的半个月里，战士们一方面加紧进行战术训练，另一方面又在暗地里搜集土匪们的行动计划，同时又开始做群众工作和必要的战斗准备。

9月17日一大早，该镇300多名土匪包围了镇里的区公所。

二排战士们决心给土匪以迎头痛击。五班飞速占领了村边的桥，接着冲到山顶上，同土匪打了起来。七班插向公路，迅速切断敌人的后路。狡猾的匪徒看到这个

剿匪安民

危险形势，就纷纷撤退了。

几天后，我二排战士又意外得知了在城隍庙集中的土匪们将在 21 日进攻黄水塘的消息。二排排长立即决定：先下手为强，主动进攻。他快速地组织好二排战士，兵分三路向城隍庙逼近。五班从村北迅速上山，堵住土匪逃跑的后路；七班切断公路；六班的轻机枪封锁住大庙；二排排长亲自指挥四班，从正面出击土匪。

二排战士们如下山的猛虎，一齐向着有土匪的地方冲杀。一批又一批的土匪，在我英勇战士的狠狠打击下，死的死，伤的伤。

两天后，二排战士又接到在麻栗寨有土匪出没的消息，二排有关领导立即召开作战会议，一致的意见是：要主动出击，并决定在 24 日拂晓出发。

出没于麻栗寨的土匪很狡猾，他们企图让解放军先进入麻栗寨后，再用包围、分割的办法消灭二排。但我战斗经验丰富的二排排长，很快识破了敌人的这个阴谋，他立即指挥部队分路出击：七班用火力封锁大桥；五班沿着大路向村里冲杀；四班从麻栗寨西北向村里进攻。

顷刻间，机枪怒吼，手榴弹爆炸。被打得晕头转向的土匪们，在我军的火网下乱窜乱逃，有的大声呼爹喊娘，有的跪在地下叩头求饶。二排战士们很快地活捉了赵明安和张功成等土匪头子。

保卫德昌

1950 年 9 月，"国民革命同志会"骨干、县特务大队长、县守备司令张汉壁，乘德昌城内解放军部队外出执行任务之机，与"反共救国军"司令陈德章一起，组织土匪武装 2000 余人，打着"人民自由军"旗号，于 19 日晨包围德昌县城，切断城内与外界的电话联系。

当时德昌城内，除县委、县政府机关外，驻守部队只有五五二团二营营部和十几名伤病员。

正在治病的营长王贵章将营部干部、战士和伤病员组成 3 个战斗小组，第一组带两挺重机枪，抢占城内制高点钟鼓楼，以火力控制北半城。第二组坚守营部所在地禹王宫。王营长自带第三组伺机向土匪出击，先后打退从东西南三面扑来的土匪，将西昌专区副专员樊不屈及县委、县政府领导和家属接到营部驻地，掩护县委、县政府机关干部撤到安全地带。

这时，驻守小高桥的机炮连指导员王锦华，在同营部失去电话联系，几天得不到任何命令的情况下，分析出可能是德昌发生土匪暴乱，立即带领部队星夜急行军 25 公里，于次日拂晓赶到离德昌城东铁索桥两公里处时，发现土匪正往上堆放玉米秆准备烧桥，便毫不犹豫地指挥机枪手射击前进，突击班疾速占领铁索桥，一鼓作气

剿匪安民

打进已被土匪占了大半的德昌城内。接着又在城内打了几个来回，将被围的县级机关干部接到营部驻地。

9月25日拂晓，王锦华带一个班，从城北绕到城外，直插城南德昌中学土匪总指挥部，俘匪20余人。

土匪盘踞的南街碉堡，楼高，墙厚壁坚，与民房浑然一体，居高临下，是土匪占领半个城区的主要依托。碉堡周围民房中有土匪防守，难以靠近，加之无炸药、大炮等攻碉堡武器，打了7个小时也未能攻下。

营长王贵章到战地观察情况后，命令几挺机枪瞄准碉墙一个位置同时射击，硬把碉墙打出一个洞来，战士们把一捆集束手榴弹塞进洞去，轰隆巨响，吓得土匪向外急逃，5个匪徒跳进碉堡下的水池淹死，7个匪徒缴械投降，土匪气焰大为减弱。

这时，从会理驰援赶来的五五二团二营五连和从西昌驰援赶来的五五一团一营两个连到达，在五五一团一营副营长廉鉴功指挥下，将围城土匪全部击溃。

26日，全部收复被土匪围占了七天七夜的德昌县城，活捉匪首"反共救国军"司令陈德章和匪团长陈天斗及以下1000余人，投诚匪徒944人，缴各种步枪手枪1166支，火枪705支，刀叉6733把，子弹5148发。

匪首、特务大队长、德昌守备司令张汉壁潜逃盐源后被捉。

罗家村攻坚战

德昌守卫战之后，我五五一、五五二团战士们又同时接到了参加白盐井罗家村剿匪的任务。

1950年8月，盐源匪首张玉麟，与军统西昌稽查处二科科长、特务分子吴铁军，土匪头子宋西平，反动土司头人郎治帮，共同组织2000余人的土匪队伍，打出"西南反共救国军滇康边第五路军"的旗号，攻占梅雨堡，包围白盐井，进逼县政府所在地卫城。

1950年9月18日，匪首张玉麟带领1000多名匪众包围了盐源县白盐井。

随后，他们将国家银行、百货商店抢劫一空，嚣张地喧嚷给台湾蒋介石发"光复"电报。

接着，这伙匪徒将我军驻守在白盐井的五五二团三营八连1个班和30名征粮工作队员，包围在白盐井的一座大院和一个碉堡内。

匪徒们想趁机攻占我军的碉堡营地，与我方展开了激烈的战斗。

经过了三天三夜的激战，我军战士在司务长的指挥下，打退了匪徒们的20多次进攻，顽强地坚守着我方的碉堡营地。

9月21日晚，我五五二团团长罗志友带领三营1个

剿匪安民

排加上 4 个班，配备重机枪 1 挺、迫击炮 1 门，于 22 日凌晨 2 时秘密抵达白盐井东北附近。

5 时左右，炮兵一班潜入北街口，班长杨春生、战士邓平利用匪哨换岗之机，迅速占领有利地形，用冲锋枪和机枪向土匪扫射，毙匪 10 多人，占领土堡。

八连一排向包围东山堡的 100 多名土匪猛冲。

群匪大乱，向镇内逃窜。

团长罗志友命令炮手、重机枪手向镇内不同方位射击，步兵从东南北 3 个方向、4 个口子发起猛攻。

土匪血肉横飞，死伤遍地。

我方 1 个班的战士们又一鼓作气冲到部队被困的大院，粉碎了匪徒们妄图火攻该大院的计划。

不甘失败的匪首张玉麟企图率兵包围突进镇内的解放军 4 个班。

镇外解放军立即转移进攻目标，大量杀伤土匪有生力量，使土匪的包围计划未能得逞。

下午 4 时，我五五二团副团长王镛率一营由梅雨镇赶来增援，实行紧缩包围、内外夹击，毙俘土匪 170 多人。

张玉麟见我军势不可当，匆忙率残匪逃出白盐井，窜往罗家村。

罗家村是张玉麟经营多年的三个巢穴之一。据点以炮楼、集群碉堡为核心，坚固围墙为依托，拱卫着幢幢深宅大院。附近股匪刘庆生、李上右、张吉和等，与张玉麟一道，扩大队伍，气焰嚣张，在罗家村一带抢劫、杀人、放火，无恶不作。

1951年1月18日，解放军五五二团、五五一团三营，在副师长陈捷弟率领下，于19日拂晓完成对罗家村的包围，6时发起攻击战斗。

张玉麟率匪众负隅顽抗。

我军在手榴弹、炸药不足的情况下，实施火攻，在土匪集群碉堡的射击下，伤亡很大。

晚12时炸药运到，即采取强行爆破。

这时，五五一团团长周培成、五连连长梁三管、机枪连连长田茂林、侦察排长冯小狗和56名干部、战士已经壮烈牺牲，另外有副团长王镛，营长苟四脑，教导员刘安贵，连长于德全、何述仁、史春喜，副连长龚应洪等101名干部、战士负伤。

三营营长廉鉴功接替周团长指挥后，重新调整布置，战斗英雄一连三排小战士韩廷宝，冒着土匪密集的火网，连续炸毁一号、三号两座碉堡，排长刘家顺炸毁二号碉堡，土匪火力大大削弱。

经一天一夜的连续攻坚，全部摧毁土匪群碉，取得了罗家村攻碉战的彻底胜利。

这次战斗，共毙伤土匪357名，俘匪"反共救国军滇康边第五路军"副司令陈太垣以下247名，缴获各种枪143支，六〇炮1门，子弹3368发。

匪副司令张寿先逃到核桃坪西南大山中隐蔽在岩洞

剿匪安民

内，被侦察参谋伍精华带领两名战士活捉。匪司令张玉麟带上亲信卫士逃到老巢——树瓦河一带，后被两名弃暗投明的卫士趁其抽吸鸦片的机会，用砍刀砍死。

三取懋功

1950 年 8 月，经过一系列重点围剿，西康腹心地区的匪徒们已经基本肃清，但川西平原漏网匪特 2000 余人，却向着靖化、懋功山上集结。

为此，我川西军区决定兵分三路，从灌县、杂谷垴和西康省的丹巴出发，向懋功、靖化进攻。一七九师师长吴仕宏率领 1 个加强营，茂县军分区副司令员门国梁和分区政治部主任姚晓程带分区部队 4 个连，西康军区康定军分区侦察科席科长带五五八团一部，共 3 个营两个连的兵力，分别从东、西、北三个方向同时开进，发起"靖、懋剿匪"之役。

我军选在 9 月中旬向靖、懋进军，在恶劣的自然条件下无疑是翻越大雪山"正好走"的季节。这样的山区地理形势，在军事作战时无疑也是易守难攻的。

由于进军神速，敌特和当地土匪没来得及组织有力的抵抗。9 月 19 日，我军东、北、西三路顺利在懋功县城会合。北线部队以 1 个连配合吴仕宏同志率领的东线部队进驻懋功后，门国梁和姚晓程指挥的北线主力组织向西推进，迅速占领靖化。

10 月中旬，大雪要封山了。为减少从当地征粮，从东线进军的五三七团两个营撤离懋功，返回灌县，准备

剿匪安民

参加志愿军出国作战。门国梁仍留靖化指挥清剿，担任工委书记，负责靖、懋方面的党、政、军全面工作。

由于我军主力撤出，又加上进入了大雪封山季节，台湾保密局电令周迅予"迅速组织彝苗游击，扰敌战略后方，配合盟军在朝鲜作战"。

根据台湾的指示，军统特务少将处长刘野樵到了达维、沃日一带，与握有实权的沃日土司杨春普之妻杨孙永贞联络，组织了千余人。刘野樵是军统的干将，曾组织过"第三党"，他的思想极为反动。

杨孙永贞在解放前夕曾在周迅予办的"游击干部训练班"受过训，受过蒋介石、毛人凤的召见。周抵懋功后委她为"中华反共突击军"第二四九路第一纵队少将副司令，委其夫为司令。

1951年1月13日夜间，在刘野樵、杨孙永贞的策划和指挥下，各县各沟寨反动首领都集股参加了叛乱。1月14日，叛匪千余人轮番进攻与我城东相距只500米的制高点卯家梁子阵地，县政府背后高家山制高点由我军1个排防守，也被敌包围，遭猛烈攻击。懋功城内无城墙，也无险可守。参加叛乱之敌在4000人以上，而我军只有3个连。同时，为了让隐藏的敌人充分暴露，我军主动放弃两座县城，转移至懋功县城以西40公里的宅垄屯。门国梁一面上报分区、军区，决定向西转移，一面用电台通知靖化县党、政、军人员，主动撤离，向西邻丹巴县集结。1月16日夜2时，我军主动撤出懋功县。

刘野樵、杨孙永贞占两县后，立即向台湾报功。台湾国民党电台和《美国之音》立即广播说："大陆游击战争迅速开展"，"已收复懋功、靖化两县"，"共军战略后方不稳"，"建立大陆的'台湾'有了希望"云云。

敌人占领懋功后，张治成自封为"县长"，实行白色恐怖，大肆奸淫烧杀，无所不用其极。

我固守高家山之排，因没有接到撤退命令，经激烈战斗后弹尽粮绝，水源被匪切断，全排战士大部分在战斗中壮烈牺牲。何排长负重伤后被敌俘虏，宁死不屈，惨绝人寰的土匪把油浇到他身上，他惨遭杀害。敌人的暴行激起了战士们的满腔怒火。

与此同时，西南军政委员会副主席贺龙得知靖、懋两县失陷后，非常生气，立即命令川西军区驰援。

紧接着，川西军区派出副参谋长温先星和川西区党委组织部部长罗志敏，率五三二团边有功营和西康军区五五五团李生祥营，由西康省宝兴县翻夹金山进击敌人的老窝达维镇和沃日土司衙门所在地官寨，于 29 日重新解放懋功县。

温先星、罗志敏两同志与门国梁会合后，改组靖懋工委，温先星同志任书记，门国梁任副书记，罗志敏同志等 5 人任委员。

懋功县城解放，进军攻占达维的我李生祥营复被敌人包围，连续 3 天与指挥部失掉电台联系，战斗激烈，亟待增援。指挥部先令五三二团 1 个连由别思满沟驰援，

剿匪安民

敌人没有阻拦，但进驻达维后，也被包围在里边。指挥部决定再次放弃懋功县城，将分区部队分作两路猛攻达维敌人，达维旋即解围。

但是，数量众多的敌人还未遭到歼灭性打击，仍然猖狂进攻。战斗相当激烈。边营小鸟卡阵地被敌突破，五五八团刘子安营阵地也险些不守。

鉴此情况，川西军区又增派了五三三、五三四和西南军区警卫二团各一个营，由成都出发增援，才使在达维地区被土匪包围 53 天的部队解了围。

1951 年 4 月，进剿部队第三次解放了懋功城，继而乘胜追击，迅速取得战果。此战共消灭土匪 3000 多人，收缴步枪 3400 余支、短枪 1100 余支、机枪 54 挺、卡宾枪 75 支、迫击炮 4 门、罗斯福步枪 12 支。

敌匪特首领刘野樵于达维失败后又悄悄地逃回汉牛屯藏匿。张德安部的谢安清排长带 21 人的小分队连续翻 6 座大雪山奔袭，该屯大头人包殿乡（藏族）派士兵配合，于空卡山下之门子沟将刘野樵击毙。

杨孙永贞于达维失败后，逃往 200 公里以外的松岗土司地（今属马尔康县松岗区）潜匿，当地群众立即向驻军报告，川西军区公安师二团的部队将其捉拿归案。

至此，懋功的匪患被基本肃清。

六、 西康变革

- 毛泽东说："对，廖志高就是西康人，大家都了解他，如果没有什么意见，就决定他去吧！"

- 1950 年，西康省主席廖志高一上任便为西康省的历史翻开了崭新的一页。

- 新中国成立后建立的西康省，在经历 5 年零 5 个月后圆满地画上了句号。

北京点将廖志高

1949 年 10 月 1 日，新中国成立后，毛泽东主席和中央政治局的领导召集了中央组织部等有关部门的同志，研究西南各省领导人选。

当领导同志们讨论到西康省时，中央组织部提出拟任命第十八军军长张国华同志为中共西康区党委书记、西康省主席、省军区政委。

毛泽东同志听后说："西康省情况复杂，又是少数民族聚居区，鸦片烟也多，民间枪支也多，解放后任务繁重。我看还是找一个本地人去那里比较合适。"

到会的王维舟同志说："廖志高就是西康人嘛！"

毛泽东说："对，廖志高就是西康人，大家都了解他，如果没有什么意见，就决定他去吧！"到会同志一致表示赞成。

为什么毛主席说"大家都了解他"呢？原来廖志高 1934 年在西康冕宁县参加地下党后，1935 年便随中央红军长征，途中先后在红军总政地方工作部、中央粮食筹备委员会、红军先遣团、中央警卫营工作。特别是在 1947 年 3 月，国民党胡宗南部 20 余万人进犯延安时，廖志高一直担任着"昆仑纵队"政治部主任，得到了中央领导同志的一致认可。

那时，廖志高在中央组织部任干部处长。中央决定后，中组部副部长安子文把决定告诉廖志高，并嘱他赶快去西安与贺龙会合，随军南下入康。西康所需的干部由贺龙从晋绥南下的地方干部中选派。

廖志高得到通知后，即从中央组织部和华北革大抽调了 10 多名干部带去西安，见到贺龙后商定：由六十二军军长刘忠任西康区党委第一副书记；晋绥调来的秦力生任第二副书记；白认任军管会副主任。同时，将晋绥南下的干部 300 多人交廖志高带入西康分配。

1950 年 1 月，廖志高随贺龙、李井泉进入刚解放的成都，一方面通知雅安地下党负责人杨正南、张安国、高国兴等到成都汇报雅安情况；一方面与起义的刘文辉商谈接管西康事宜。1 月中旬，由十八兵团政治部主任胡耀邦陪同廖志高到广汉同六十二军军长刘忠和师以上干部见面。

1950 年 2 月 1 日，中共西康区党委书记廖志高、六十二军军长刘忠率人民解放军一部进入雅安，宣布新生的红色政权建立。同年 4 月 26 日，西康省人民政府正式成立，隶属于西南军政委员会，廖志高任省主席，省会设在雅安。

西康变革

民主改革新西康

1950 年，西康省主席廖志高一上任便为西康省的历史翻开了崭新的一页。

当时，西康是全国除西藏外最后解放的新区，又是藏、彝、汉等多民族省份，民族矛盾很深，袍哥帮会林立，国民党部队残余和潜伏特务同当地反动势力勾结为患，社会动荡，民不聊生。

廖志高入康后，首先抓住社会安定这一关键环节，集中力量击溃和歼灭了胡宗南盘踞在康定、西昌的两股残余势力，使得西康全境解放，又立即建立人民武装自卫队，深入开展"剿匪肃特"工作，先后歼敌 4.7 万余人，彻底粉碎了蒋介石妄图在西康负隅挣扎和本省反动势力企图依靠胡宗南残部搞复辟的幻想。

在汉区的民主改革中，廖志高从旧西康"烟、枪、匪遍地，军、警、特横行"，人民生活极端贫困的实际情况出发，有针对性地开展清匪反霸、土改镇反斗争和恢复经济等工作，很快就出现了社会秩序安定、人民生活改善的新局面。

我十八军进军西藏必经西康，所需军用物资数量大、时间紧，当时康藏公路尚未修通，只能靠人、畜力运输。西康刚刚解放，本省工作紧迫繁重，困难重重，但在解放西藏这一大局面前，廖志高毫不犹豫地承担了这一艰巨任务。他通过夏克刀登等在藏区有威望和实力的上层人物出面，组成"支援委员会"，组织了7万多民工抢修康藏公路；组织牛马10万余头，为十八军驮运各种物资共26万余驮；帮助十八军购粮100余万公斤、牦牛2万余头和烧柴、马草1000多万公斤，及时圆满地完成了任务。

为了维护民族地区的社会治安，加快生产建设和培养民族干部，廖志高和区党委根据藏彝地区实际和民族工作的特点，报经中央军委批准，于1952年11月成立了中国人民解放军藏民团和彝民团，充分发挥其战斗队、工作队、生产队和干部学校的作用。为此，中央给予西康省很高评价："建立民族武装，不仅能维护地方治安，而且可以通过这一组织培养民族干部，西康省的藏民团和彝民团便是成效卓著的见证。"

1954年6月，西南行政区撤销后，西康省人民政府直属中央人民政府。西康省人民政府主席廖志高，副主席张为炯、鲁瑞林、格达、夏克刀登、果基木古、刘聚奎、白认、康乃尔。西康省人民政府下辖雅安市人民政府，雅安、西昌两个专员公署，康定、凉山两个自治区人民政府。

经过基层普选，1954年8月西康省第一届人民代表大会召开第一次会议，听取和审议了西康省人民政府的工作报告，选举了西康省出席全国第一届人民代表大会

西康变革

的代表。1955 年 1 月 15 日到 19 日，西康省第一届人民代表大会召开第二次会议。会议根据 1954 年《中华人民共和国宪法》的规定，将西康省人民政府改为西康省人民委员会，选举了由 29 名委员组成的西康省人民委员会，选举廖志高为省长，白认、桑吉悦布、康乃尔、张为炯、果基木古、夏克刀登为副省长。

1955 年西康省撤销

1955 年 7 月 30 日，根据第一届全国人民代表大会第二次会议通过关于撤销西康省建制的决议，金沙江以东各县划归四川省，金沙江以西各县划归西藏自治区筹备委员会。西康省人民委员会于 1955 年 9 月底撤销，其政务由四川省人民委员会接管。

"决议"内容如下：

第一届全国人民代表大会第二次会议批准国务院关于撤销热河省、西康省并修改中华人民共和国地方各级人民代表大会和地方各级人民委员会组织法第二十五条第二款第一项规定的建议。兹决定：

一、撤销热河省，将热河省所属行政区域，按国务院建议分别划归河北省、辽宁省和内蒙古自治区。

二、撤销西康省，将西康省所属行政区域划归四川省。

三、修改中华人民共和国地方各级人民代表大会和地方各级人民委员会组织法第二十五条第二款第一项的规定为：省、直辖市二十五

西康变革

人至五十五人，人口特多的省，必须超过五十五人的时候，须经国务院批准。

至此，新中国成立后建立的西康省，在经历 5 年零 5 个月后圆满地画上了句号。

参考资料

《康巴藏学》 林俊华编著 康定师专科研网

《西康建省记》 傅嵩林著 四川官印刷局出版

《天变川康》 邓高如 陶朱问著 解放军出版社

《西南义举》 李玉 袁蕴华 费祥镐编 四川人民出版社

《我走到人民阵营的历史道路》 刘文辉著 三联出
    版社

《军统最后的暗杀名单》 陶朱问著 湖北人民出版社

《四川军阀史》 匡珊吉 杨光彦编著 四川人民出版社

《川康实力派与蒋介石》 四川文史研究馆编著 四川
    大学出版社

《革命史资料》 文史资料研究委员会编著 文史资料
    出版社

《中原解放战争纪实》 刘统著 人民出版社

《逐鹿陕川康》 陈少校著 农村读物出版社

《中国人民解放军大事记》 解放军军事科学院编著
    军事科学出版社

《建国后的贺龙》 刘秉荣著 当代中国出版社

《凉山地区剿匪纪实》 杨维纲编著 解放军出版社

《中华文史资料文库》 全国政协文史资料委员会编著
    中国文史出版社